Антология современной

русской экологической литературы

俄罗斯当代生态文学作品集

Владимир Клавдиевич Арсеньев

弗拉基米尔·克拉夫季耶维奇·阿尔谢尼耶夫

作者简介

弗拉基米尔·克拉夫季耶维奇·阿尔谢尼耶夫于1872年9月10日出生于俄罗斯圣彼得堡的一个铁路职员家庭。他从小就酷爱读书，尤其是科普、自然类的书籍。1892年他应征入伍，被派往圣彼得堡陆军士官学校学习。他的老师之中有著名的中亚地区研究者、地理学家M.E.格鲁姆·格尔日麦罗。格尔日麦罗对兴趣广泛的天才学生阿尔谢尼耶夫极为关注，给了他很多关于西伯利亚、阿尔泰、帕米尔高原等地区的地理书籍。在这些书籍中，阿尔谢尼耶夫最感兴趣的是东西伯利亚地区的地理知识，那时，他就立志从事对遥远的边疆地区的研究工作。1896年从士官学校毕业后，他被派往波兰服役，但很快又被调到了远东地区。多年以后，阿尔谢尼耶夫曾写道："我从少年时期就向往乌苏里边疆区，当时阅读了关于这一地区的所有文献。当我的愿望真正实现并来到远东地区的那一刻，我心潮澎湃，百感交集。"

1899年年末，阿尔谢尼耶夫来到了俄罗斯远东地区，并把自己后来的三十余年全部献给了对这一地区的研究。1900年，阿尔谢尼耶夫完成了第一次地理考察。他的考察路线从符拉迪沃斯托克市的周边地区开始，范围逐渐扩大，一直延伸到穆拉维约夫－阿穆尔半岛的所有区域。第一次考察的结果就得到了人们的高度评价，阿尔谢尼耶夫也凭借此次地理考察所取得的成就而被任命为边疆区军事狩猎队队长。这给了他对滨海边疆区进行系统研究的机会。但当时关于这一地区的材料不仅极其贫乏，也非常零散。1902—1903 年，他在滨海边疆区南部的个别地区进行了多次考察，对沿途的地形地貌拍摄了很多照片。与此同时，他还对这一带的民族学内容进行了详细考察，收集了很多该区域的植物和动物资料。有一些路线，除了当地的猎人和人参采集者，是从没有人涉足过的。

1902 年，在一次长途考察过程中，阿尔谢尼耶夫认识了当地的一个赫哲人德尔苏・乌扎拉，这个经验丰富的猎人后来伴随阿尔谢尼耶夫完成了远东地区所有的地理考察。德尔苏・乌扎拉向他介绍了当地很多动物的习性、当地土著居民的生活习俗，以及他们的宗教信仰，向他揭开了乌苏里边疆区原始森林的神秘面纱。同时，这个赫哲人也不止一次地救过他的性命。

阿尔谢尼耶夫在考察中收集到的各种材料成为他在阿穆尔地区地理学会（现为俄罗斯地理学会滨海边疆区分会）多次会议上的发言素材。所以当时阿穆尔地区地理学会的领导就产生了对乌苏里边疆区进行全面系统考察的想法。这一任务就落在了年轻的、精力充沛的地理研究者阿尔谢尼耶夫身上。

1906 年，阿尔谢尼耶夫组织了第一次赴锡霍特 – 阿林山脉地区的大型地理考察，考察路线深入外乌苏里边疆区一带，自乌苏里江和伊曼河的分水岭开始，直至日本海沿岸地区。本次考察历时 190 天，翻越锡霍特 – 阿林山脉主峰 10 次。

1907 年，阿尔谢尼耶夫率领的考察队继续考察锡霍特 – 阿林山脉。这一次，他们从日本海沿岸出发，4 次翻越锡霍特 – 阿林山脉的主峰，详细考察并描述了锡霍特 – 阿林山脉从西坡注入伊曼河和比金河流域的河流和隘口，以及从其东坡注入日本海的河流和隘口情况。这次考察共持续了 210 天，从夏初一直到寒冷的冬季。

1908 年，阿尔谢尼耶夫受俄罗斯国家地理学会的委托，率队开展了第三次大型地理考察活动。这次考察的区域主要是俄罗斯滨海边疆区的北部，涵盖了萨马尔加河、霍尔河、图姆宁河、阿纽伊河等流域以及鞑靼海峡沿岸地区。此次考察历时 19 个月，直至 1910 年深冬时才结束。在此次考察中，他们翻越了 7 次锡霍特 – 阿林山脉。此后，阿尔谢尼耶夫系统整理了所有收集到的资料，并于 1912 年发表了基础性研究著作《1901—1911 年乌苏里边疆区军事地理概要》。

1911 年，阿尔谢尼耶夫又赴滨海边疆区的南部进行了短期考察，填补了一些资料上的空白。在这次考察过程中，他特别关注了乌苏里边疆区当地土著居民的民族学问题，包括奥罗奇族、乌德盖族、赫哲族等民族。此外，他还收集了有关该地区 7—8 世纪时期地理特征的原始资料。他完成的相关资料描述、素描画、照片、个别古迹的测量数据信息等资料达到 228 个。

1912 年秋，阿尔谢尼耶夫又做了一次短期考察，此次考察是从符拉迪沃斯托克乘船向北出发，然后沿着海岸线抵达塔科马河，再翻越锡霍特－阿林山脉，经阿尔穆河到伊曼河，而后又沿着伊曼河到达铁路线。

在十月革命前夕，阿尔谢尼耶夫的生活和创作变得异常艰难。他把自己的全部力量、知识和能力都奉献给了远东地区，却遭到了当时滨海边疆区的行政长官、将军 N.L. 关达基及其他高层人物的不公正对待，他的地理研究工作也遭到了各种干预。尽管如此，阿尔谢尼耶夫仍然坚持做科研考察，他坚信真理，深刻认识到边疆区自然环境和丰富资源的重要性。在苏维埃政权初期，阿尔谢尼耶夫积极参与远东地区教育和科研机构的学术活动。1917—1927 年，他曾担任哈巴罗夫斯克和符拉迪沃斯托克地方历史博物馆馆长、远东地区少数民族事务委员会委员、远东师范学院地方史系和人种学系教授，并多次在远东国立大学做学术讲座。与此同时，阿尔谢尼耶夫一直坚持做地理考察工作。1917 年冬，率队赴哈巴罗夫斯克边疆区西北部进行考察；1918 年，受滨海边疆区移民管理局委托，赴堪察加半岛做地理考察。在此次考察期间，他收集了很多关于堪察加半岛、火山活动、自古就生存在堪察加半岛的动物（如犀牛和猛犸象）的地理资料。在去堪察加半岛的途中，阿尔谢尼耶夫访问了日本的函馆港，在那里考察了北海道南部的古生物收藏品。

1922 年，阿尔谢尼耶夫再次向北进发，对鄂霍夫克海沿岸的渔业经济状况进行考察研究。1923 年，他再次赴堪察加半岛考察。1926 年，他率队对哈巴罗夫斯克州进行了综合地理考察。1927 年，他完成了从苏维埃港至哈巴罗夫斯克这一路线的大型考察，其任务是研究哈巴罗夫斯克边疆区的渔业和农业发展前景。1930 年，阿尔谢尼耶夫作为新铁路沿线地区经济调查局局长，领导了该地区的四次大型考察。最后，阿尔谢尼耶夫在原始森林里患上了重症肺炎，于 1930 年 9 月 4 日在符拉迪沃斯托克逝世。

阿尔谢尼耶夫一生共完成 62 部著作，其中包括纯学术性著作、科普性著作和文艺科普性作品。他第一次对锡霍特 – 阿林山脉、山岭及其周边山峰的地形特征进行了详尽的描述，确定了锡霍特 – 阿林山脉 22 个山口的具体位置，其中一部分就是由他命名的。一些山口在他的考察之后铺设了公路和铁路线。此外，阿尔谢尼耶夫详细描写了锡霍特 – 阿林山脉的河流体系，测量出许多河流及其支流的长度、宽度、深度、流速，并详细描述了其水文特征。在研究该地区河流的过程中，阿尔谢尼耶夫对其河流的特殊现象进行了特殊说明，如水位快速上升、经常发生洪水、洪水后出现新的河床和凹陷情况等。此外，阿尔谢尼耶夫还对滨海边疆区的矿泉储量和地质情况进行了详细描述。虽然不是植物和动物学专家，但他在自己的著作中详尽描述了一些动植物的地理分布和重要的种类。在每次考察中，阿尔谢尼耶夫都特别关注该地区少数民族的语言、习俗、信仰、生活和生产方式等特征，尤其是对原始森林里外来民族的显著特征进行了详尽描述，包括背井离乡来此地谋生的中国猎人的生活方式。

在对阿尔谢尼耶夫在各领域学术和考察活动进行简要概述的同时，我们还需要指出的是，为他带来世界性声誉的是他记录其大型考察的四部文艺科普性作品。前两部作品《乌苏里边疆区游记》和《德尔苏·乌扎拉》分别于 1921 年和 1923 年在符拉迪沃斯托克出版。这两部作品所描述的事件源于 1906 年和 1907 年的两次考察。这两部作品一经出版，就受到了俄罗斯国内外的极大关注。1908—1910 年期间的考察则被写入《在锡霍特－阿林山脉》一书中。1927 年的考察过程被记录在《穿越原始森林》一书中。

作为一个优秀的旅行者和地理研究者，阿尔谢尼耶夫的作品反映了他深厚的爱国主义情怀和生态保护的思想，尽管这些作品都是多年前创作的，但至今仍然是文艺科普性地理文学作品的典范，值得我国年轻一代的读者阅读。

德尔苏·乌扎拉

[俄] 弗拉基米尔·克拉夫季耶维奇·阿尔谢尼耶夫 著
王金玲 主编
王宁 译

西苑出版社
XIYUAN PUBLISHING HOUSE
·北京·

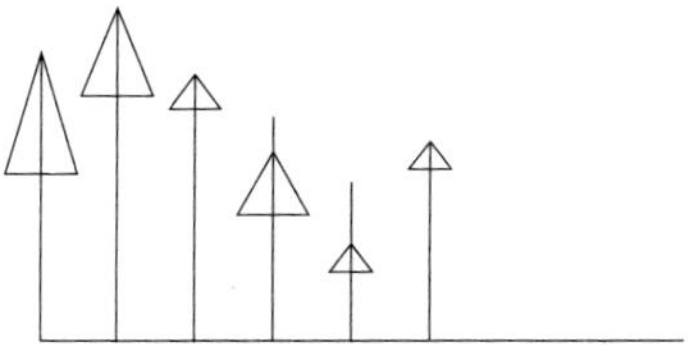

如果正确地生活，

森林和人类都会善始善终。

目　录

I. 启程

1907 年 1 月至 4 月，我一直忙于写上一次考察的总结，到了 5 月中旬才有时间筹备新的考察旅行。

筹备工作总是充满乐趣。考察的总体计划早已确定，只剩一些细节问题需要敲定。

这次我们的考察任务是锡霍特－阿林山脉的中部，即北纬 45 度至 47 度的沿海区域。计划从去年考察的终点——杰尔涅湾向北行进。时间如果允许，然后再沿比金河向西前进，直至乌苏里江。

1907 年的考察组织工作与去年的大致相同，只是在去年的经验基础上对几个点进行了修正。

本次考察队的人员组成包括九名步兵，植物学家 N.A. 德苏拉维，基辅大学的学生 P.P. 博尔达科夫，我的助手、陆军上士 A.I. 梅尔兹利亚科夫。此外，我们还请了 A.I. 梅尔兹利亚科夫的弟弟 G.I. 梅尔兹利亚科夫为我们制作植物标本。

与上次考察不同，这次我们决定用骡子代替马。因为骡子比马更健壮，更适合走山路，而且也不挑饲料，更好喂养。但是骡子特别不善于走沼泽地，容易陷进泥潭而死。原来的两条狗——树怪和阿尔巴仍然留在考察队。

在马队的装备上，我们也不得不做出一些相应的调整。经验表明，绊绳的用处不大，而且还容易被树桩和灌木丛缠住，马的行动会因此受到很大的限制，有时甚至是寸步难行。马常常会用嘴撕扯掉绊绳，把它们弄丢。特别是在潮湿的阴雨天气，绊绳更容易绊倒马导致意外发生。我记得有一次，一匹马掉进了一个水坑，绊绳的限制导致马站不起来，最后马就死了。因此，这次我们买了粗绳子代替绊绳，此外，我们还买了双层马笼头和铃铛。

考察所需经费依旧是阿穆尔沿岸区总督 P.F. 翁特别尔格提供的。他给我们提供了 3300 卢布，经费使用情况如下：

前期筹备费 721 卢布 64 戈比，路费 1211 卢布 55 戈比，饲料费 381 卢布 66 戈比，考察队成员的给养费 822 卢布 7 戈比，向导和翻译人员的佣金 533 卢布 12 戈比，超支 370 卢布 4 戈比。

在生活备品方面也做了一些调整。例如，这次我们没有带铜制茶壶，因为铜制茶壶太沉，壶嘴还经常掉，需要不断地用焊锡修补。和铜制茶壶相比，搪瓷壶不仅结实便宜，而且很轻巧。

此外，还购置了粗帆布袋子做驮包。以往用的都是白铁皮盒子，它们不仅容易坏，还容易变形。所以，这次我们用粗帆布袋子代替了白铁皮盒子。

徒步旅行的路上也无须带太好的茶叶，因为徒步旅行时喝的茶都是在篝火上煮的，无论多好的茶经这样一煮都会有股烟味。

为了在路上遇到河的时候能去捕鱼，我们还带上了钓鱼竿和小拉网。

至于寝具用品，这次我没带充气橡胶枕头。这种枕头的缺点是冬天躺在上面非常凉。而且只要是破了针孔那么丁点儿的洞，枕头就用不了了，因为你根本找不到漏气的孔，就算是找到了，也补不了。所以我决定带个普通的绒毛枕头，这种枕头更轻便，最主要的是，枕着它睡觉脑袋会感到很暖和。

徒步旅行中最重要的还有一件事——确保火柴不受潮。因为旅途中常常会遇到让你全身湿透的暴雨天气，在这种情况下，用任何皮质的或橡胶质的东西去包裹火柴都没有用。在下雨天，火柴就是点不着，哪怕它一点儿也没湿。保存火柴最好的办法就是把火柴放到一个盖得严实的木质盒子里。受潮时，木头膨胀，盒盖就会盖得更紧。我把这盒干燥的火柴放在自己的随身背包中。我还给步兵们买了带抽拉绳的胶皮烟荷包。此外，我们还带上了打火石、火镰、火绒和点火用的干抹布，以备不时之需。

考察所需的工具及仪器与去年大致相同，只是新增加了一些木工工具，如小拇指粗的钻孔器、刨子、凿子、锉、带整锯器的横锯等。有些标本经过防腐处理后需要保存在锌铁罐里，因此还要带些封焊用的焊铁、锡、卤砂和盐酸。此外，我还带了凿制小船用的工具——这是一种可以旋出圆刨花的小手斧。相机胶卷为了防潮也要放进锌制盒子里，每个盒子里可以放 12 个胶卷。我们还带了一些可以送给土著人的小礼物，如串珠、纽扣、绒线、丝线、小镜子、铅笔刀、耳环、戒指，以及各种小吊坠儿、项链、玻璃珠等。对土著人而言，最贵重的礼物莫过于骑兵团用的那种别丹式步枪和子弹。如果能得到这两样东西，即使让他们赴汤蹈火，他们也在所不辞。

启程前一个月，我就派 A.I. 梅尔兹利亚科夫去符拉迪沃斯托克买考察用的骡子。骡子要买那种没钉过掌、脚力强健的。买好骡子之后，A.I. 梅尔兹利亚科夫负责把它们用轮船运到稚吉特湾，然后留三个步兵在那里看护骡子，而自己则需要继续前往沿岸地带去安排补给站事宜。这样的补给站我们打算设置 5 个，分别设在稚吉特湾、杰尔涅湾、科马河、阿姆古河——古姆胡河和库兹涅佐夫角。

4 月，所有工作都准备就绪了。A.I. 梅尔兹利亚科夫先启程去符拉迪沃斯托克，而我还有一些前期工作要做，所以还要在哈巴罗夫斯克停留两周左右。

利用这两周左右的时间，我派扎哈罗夫到阿努钦诺河河谷去寻找德尔苏。德尔苏此时应该已经回到乌苏里铁路附近，在那里听候我的调遣。扎哈罗夫骑着驿马从阿西诺夫卡村出发，挨家挨户地找，见到人就问是否见过乌扎拉部落的赫哲族老猎人德尔苏。快到阿努钦诺河河谷地界时，在路边的一座房子旁边，扎哈罗夫看见一位本地的老猎人正在一边捆着背囊，一边自言自语。

在扎哈罗夫问他是否认识乌扎拉部落的赫哲族老猎人德尔苏时，这位老猎人用俄语回答道："我就是。"

于是扎哈罗夫和德尔苏讲了他来这里的目的。德尔苏收拾好背囊，之后他们在阿努钦诺住了一夜，第二天早晨就动身往回返了。6 月 13 日，我结束了手头的工作，启程离开了哈巴罗夫斯克。

此时，扎哈罗夫和德尔苏已经在伊普涙利托夫卡站等候四天了，他们接到我的电报之后，就坐上火车来到了我的车厢与我会合。

德尔苏的到来让我备感高兴。我们聊了一整天。这位赫哲族老猎人告诉我，他冬天的时候在三道瓦库河[1]上游地带是如何抓到两只紫貂的。他用这两只紫貂从中国人那里换来了毛毯、斧子、小锅和茶壶，剩下的钱买了些中国纱布，并用纱布给自己做了个新帐篷。然后他又从俄罗斯族猎人那里买了子弹，又找乌德盖族妇女帮他做了鞋子、裤子和上衣。等到冰雪开始融化的时候，他就来到了阿努钦诺河河谷，在他认识的一位赫哲族老人的家里住了下来。等了很久都没有我的消息，于是他开始打猎，他打到了一头马鹿，鹿角赊给了中国人。

德尔苏顺便告诉我他在阿努钦诺被偷的事。他在那里认识了一个狩猎者，由于自己心眼实，他跟那个狩猎者讲了冬季在瓦库河捉紫貂能赚大钱的事。那个狩猎者提议去小酒馆喝杯酒，德尔苏非常高兴地同意了。喝着喝着，德尔苏感觉自己喝醉了，于是就把身上所有的钱拿了出来，交给了这位新认识的朋友保管。第二天，德尔苏睡醒之后，那个狩猎者早就无影无踪了。德尔苏直到现在都理解不了，为什么会发生这样的事。他们部落的人常常互相保管自己打到的毛皮或者钱，从来都没有出现过任何差错。

在我们考察的时候，日本海沿岸正常的海上航线还没有开通。

1　三道瓦库河即奥列霍夫卡河。——译者注

当时的移民管理局首次租了“埃尔多拉多”号轮船试运行，航线的终点设在稚吉特湾。因为没有确定具体的航行计划，所以管理局也不清楚这艘轮船什么时候返程，什么时候再起航。

我们很不走运，因为在“埃尔多拉多”号离开的两天之后，我们才抵达符拉迪沃斯托克。P.G. 基格尔斯坦特和 A.N. 别里两位军官帮了我的大忙，他们提出让我们搭乘他们的驱逐舰。舰队要驶往尚塔尔群岛，他们答应顺路把我和我的同伴们送到稚吉特湾。舰队启航的时间定在 6 月中旬之后，我们只能等待。一是因为没有别的办法能到达稚吉特湾，二是因为坐军舰可以帮我们节省下一大笔资金。军舰还有一个好处就是航行速度快，因此我们在符拉迪沃斯托克耽搁的时间可以追回来一半。

6 月 22 日午后，我们登上了驱逐舰。我们在军官休息室里和水兵们从傍晚一直聊到了深夜。本来我打算好好地睡上一觉，结果也没睡成。从后半夜到黎明之前，船舱外动静很大，军舰起锚了。我穿好外衣来到了甲板上。天边升起了朝霞，水面上浓雾升腾，天气湿冷。为了不打扰水兵们工作，我回到了自己的船舱，从箱子里拿出日记本，开始写今天的日记。很快，船身轻轻地摇动起来了，我知道，军舰已经驶入了海域。甲板上的喧嚣声逐渐平息，军官们也从甲板上下到船舱里喝茶。

在 1787 年版法国航海家拉佩鲁兹的航海地图上，彼得大帝湾叫作维多利亚湾，它被艾伯特半岛[1]和叶甫根尼娅皇后群岛[2]分为两个部分——拿破仑湾（乌苏里湾）和戈林湾（阿穆尔湾）。

大约在上午十点半，阿斯科尔德岛[3]出现在舰队的正横方向。阿斯科尔德岛有“梅花鹿天然繁殖场”的美称。

大约十五年前，岛上曾有近4000只梅花鹿。后来因为偷猎、大雪以及牧草退化等，梅花鹿数量剧减，目前整个岛上仅存200～300只。梅花鹿只吃牧草，这导致岛上非牧草类植物大量繁殖。与外界的完全隔绝和近亲交配使岛上的梅花鹿种群繁殖率极低，如果没有陆地上新鹿种的输入，岛上的梅花鹿种群终将会灭绝。

在一望无际的大海上，我们见到了须鲸群和虎鲸群。须鲸悠然自得地按照自己的既定方向游着，对我们的舰队视若无睹，虎鲸则一直在追逐着我们的船只，在与舰身平行时就会跃出水面。一位士兵瞄准虎鲸开了枪，前两枪都没打中，第三枪打中了。水面上出现一大片血迹，之后所有的虎鲸立刻消失不见了。

黄昏前我们到达了亚美利加湾并停在这里过夜，次日继续前行。6月27日午后，我们绕过了波沃罗特海角，然后向北航行。下午四点左右，开始变天了，东方起了大雾，虽然风还没开始刮起来，但海面上已经起浪了，这就说明海浪的速度比风速快。

---

1 现称穆拉维约夫－阿穆尔斯基半岛。——作者注

2 由俄罗斯岛、什科特岛、波波夫岛、莱伊聂凯岛和里科尔德岛组成。——作者注

3 现称穆拉维约夫－阿穆尔斯基半岛。——作者注

舰队小心翼翼地在雾中摸索着行驶，根据测程仪调整着航向。令人惊叹的是，水兵们就是这样在黑暗之中，在大雾弥漫之下准确地搜索到了普列奥布拉仁尼耶湾，并成功通过狭窄的通道驶入了位于北纬 42° 54′ 和东经 151° 34′ 的海湾。

夜里刮起了大风，海面波涛汹涌。清晨，尽管天气依旧恶劣，但舰队仍然起锚出发了。我被摇晃得在船舱里坐不住了，来到了甲板上。“雷霆”号驱逐舰处于舰队的最前面，其他军舰跟着它鱼贯而行。离我们最近的是“寂静”号驱逐舰。它一会儿驶入波浪间的旋涡，一会儿又冲上白色山脊般的浪峰。泛着泡沫的波浪迎头淹没了轻巧的船身，眼看它马上就会被大海吞没，但海水又从甲板上退去，驱逐舰又出现在水面上，顽强地前行着。当我们抵达奥利加湾的时候，天已经黑了。我们决定在陆地上过夜，因此就上了岸，燃起了篝火。

令人意外的是，德尔苏在海上一点都不晕船。他认为驱逐舰也是“有生命的活物”。

“我能特别好地明白它，”德尔苏用手指着“雷霆”号驱逐舰，“它今天很生气。”

我们围坐在篝火边，聊着天。夜已深，此前海面上弥漫的雾气已经升腾起来化作了乌云，有两次甚至掉起了雨点。篝火周围漆黑一片，什么都看不见，但能听到风吹树木的簌簌声，海浪咆哮的啪啪声，还有村子里犬吠的汪汪声。

终于，天亮了。东边露出了第一抹朝霞，但瞬间又被乌云遮住了。现在我们周围的一切都变得清晰可见：林间小路、灌木丛、岸边的石头、海湾，还有一只底朝上扣着的小船。小船的下面睡着一个中国人，我走过去叫醒他，请他开船把我们送到军舰上。

军舰上还亮着点点灯火。睡眼蒙眬的值班班长站在舷梯边接我。我跟他说声打扰了，就回到了自己的船舱，脱掉外衣躺在床上。此刻我的内心非常平静，因为有德尔苏在我身边，他是我们考察成功的保障，有他在，我就什么都不怕。想着这些，我进入了梦乡。

II. 旧教徒与寻金者

一夜过后，海面稍许平静。风停了，雾也开始散去。太阳终于露出了脸，阳光照耀着怪石嶙峋的海岸。

6 月 30 日傍晚，舰队抵达稚吉特湾。P.G. 基格尔斯坦特建议我们先在船上过夜，第二天一早再下船。整个夜里我们都在船舷上随风浪轻轻地摇晃着。我焦急地等待着黎明的到来，当脚踏上陆地的那一刻，我们备感喜悦。军舰拔锚准备起航，水兵们朝我们挥动着手帕告别，我们则挥舞着帽子回应。军舰上扩音器里“考察成功”的祝福随风入耳。

大约十分钟后，舰队的最后一艘船只也从我们的视野中消失了。

我们选择在稚吉特湾上岸，而不是在杰尔涅湾，是因为杰尔涅湾长期受到风浪的侵蚀，已经没有能把骡子卸下船的合适的地方了。

目送舰队离开之后，我们立刻开始搭帐篷、打柴。这时，一个去打水的步兵回来报告说河口处有很多鱼。于是步兵们就都去捕鱼，下网之后，鱼多得都拽不动网。打上来的鱼大多是红鳞大麻哈鱼。同网打上来的还有两条小鱼：一条是黄瓜鱼[1]，黄瓜鱼属胡瓜鱼科，其腹背有深色的斑点。黄瓜鱼出现在这里真的是很奇怪，因为这种鱼只出没在海岸边，从来不会出现在淡水中。另一条鱼是刺鱼。刺鱼生活在静水河湾或死水湾中，我们打上的这条刺鱼，应该是被快速流动的河水冲到河口处的。

此时的红鳞大麻哈鱼还没有因为即将产卵而变丑，虽然它的两颌已经开始扩大，背部也已经开始隆起。我吩咐步兵们只留下几条鱼吃，然后将其他的鱼都放回河里。大麻哈鱼的肉看起来让人馋涎欲滴，但它的口感却非常腻，片刻工夫就没人吃了。

下午，我和植物学家 N.A. 德苏拉维一起去周围转转。他去采集植物样本，而我去打猎。

伦达湾位于北纬 44° 47′、东经 13° 22′，由两个海湾组成——北部的稚吉特湾和南部的普拉斯通湾。两个海湾与海交汇的位置比较开阔，因此，在天气恶劣的时候，无法为停泊的船只提供天然的保护屏障。伦达湾最深处的海水有十四俄丈[2]。将伦达湾一分为二的这条山脉主要由石英斑岩和含有火山玻璃的斑岩构成。山在近海处逐渐降低，到了岸边就变为高度仅有 1300 ~ 1900 俄尺[3]的丘陵。

在靠近灌木丛的岸边草地上，N.A. 德苏拉维教我辨认这里的常见植物。紫菀，紫菀的叶片呈长圆形，边缘有小锯齿，花朵为紫

---

1 黄瓜鱼也叫多春鱼。——译者注

2 俄丈，俄罗斯长度单位，1 俄丈约等于 2.134 米。——译者注

3 俄尺，俄罗斯长度单位，1 俄尺约等于 0.305 米。——译者注

黄色，带有直径为硬币大小的冠毛，花序呈穗状，很漂亮。黄芪，这儿的黄芪很特殊，中国人用它的根做药材。黄芪是多年生草本植物，茎直立，上部多分枝，叶细小，开黄白色小花，花朵密集。宽苞翠雀花，花朵是蓝色的，花梗上覆盖着细密的绒毛。老鹳草，叶片粗糙，有不规则裂痕，花瓣柔嫩，颜色为淡红色。地榆，花瓣紫红色，羽状叶。条叶龙胆，长有粗壮的根茎，开紫蓝色或紫色花，叶片细长。风毛菊，花茎高而纤细，有齿或分裂，开紫色花。

这天，我们还见到了一只大隼。它落在河边的一棵枯树上，看样子仿佛在打盹儿，但当发现另一只鸟飞过来的时候，大隼就立刻飞起来追了过去。在另一处，还有两只乌鸦在追一只伯劳鸟。伯劳鸟躲进灌木丛，乌鸦就绕过灌木丛的另一侧，从一根树枝跳到另一根树枝上，千方百计地要抓到伯劳鸟。灌木丛里还有几只黄鹀鸟：这几只栗色的小鸟被伯劳鸟和乌鸦的叫声吓坏了，它们一会儿跳到树枝上，一会儿又落到地上。

伦达湾周边还有梅花鹿，它们主要分布在伦达湾东北部的叶戈罗夫半岛，以前半岛上的梅花鹿数量众多，但在 1904 年的那场大雪中，许多鹿都饿死了。

7 月 7 日，“埃尔多拉多”号轮船抵达了稚吉特湾。但是，无论是我的助手 A.I. 梅尔兹利亚科夫还是骡子都没在这班船上。这也就意味着，我们不得不等待下一班船的到来。乘坐这班轮船抵达稚吉特湾的有两家旧教徒，他们在离我们帐篷不远的地方下了船，准备在岸边过夜。晚上，我走到他们的篝火边，看到一位老人正与德尔苏交谈。令我惊讶的是，这位旧教徒与德尔苏谈话的亲近语气，仿佛他们是老熟人一样。他们一起回忆着他们认识的中国人，聊着他们认识的鞑子[1]，从他们的对话中我听到了很多人名。

“你们以前就认识吧？”我问那位老人。

“当然了，当然了，”老人回答道，“我早就认识德尔苏，我们一起去打猎的时候，德尔苏还是个小伙子呢！我们那时候住在道比河边上的彼得罗巴甫洛夫卡村，我们从那里出发，去乌拉河打猎，还经常去伏锦河和诺托河。”

说完之后，他们就又开始回忆了。他们聊起了当年一起去打西伯利亚大角鹿和熊的经历，一起回忆起了当年的两个移民，还有那两个移民奇怪的外号——“酒鬼”和“唠叨鬼”。他们说“酒鬼”的脾气特别不好，而“唠叨鬼”特别爱饶舌。德尔苏聊着，非常开心地笑着。老人请德尔苏吃了蜂蜜和面包。看到他们这样喜欢德尔苏，我也特别高兴。

旧教徒老人邀请我在篝火边同坐，于是我们就聊了起来。话题自然而然地说到了他们要移居的新地点。

“我们以前住在阿穆尔河附近的彼得罗巴甫洛夫卡湖畔，”老人开口说道，“我们之所以给湖取这个名字，是因为我们到那里的时候正赶上圣彼得和圣巴维尔日。但我们在那儿并没有久住，因为周围都是沼泽，到处是吸血的蚊蚋。所以不久后，我们就迁到了

1　鞑子，指西伯利亚及远东地区的土著少数民族。——译者注

道比河畔，在那里建起了彼得罗巴甫洛夫卡村。在‘烂泥’们没来之前，我们在彼得罗巴甫洛夫卡村住得很好。”

“‘烂泥’是什么意思？”我问道。

“是另一群移民，”老人直白地回答道，“有乌克兰人，萨拉托夫人，符拉迪沃斯托克的预备军，手艺人，还有一些其他人。我们管他们都叫‘烂泥’。”

“你们为什么这么讨厌他们呢？”

“他们很堕落——酗酒、偷东西、骂人、吵架、懒惰，把这里弄得乌烟瘴气。如果他们只是自己窝里斗也就算了，但他们却把我们也牵连了进去，我们不断地收到乡法庭以及治安法庭的起诉书，简直太倒霉了。我们长这么大都没遇到过这样的事，居然要不停地跑法庭。于是老人们决定远离是非之地，搬到苏子河去。苏子河上游有一处用云白石盖的房子。我们搬到那儿住了下来。第一个搬到这里的人是巴久科夫，然后其他人也陆续搬了过来。新村子就叫‘云白石村’。后来，移民局的官员要求我们按俄语的习惯修改村名，我们就决定用第一个搬到这里的移民的姓氏命名，把村名改成了‘巴久科夫村’。我们在苏子河安静地生活了五年左右，然后‘烂泥’们又来到了这里。移民局的领导命令我们不许妨碍‘烂泥’们的生活，于是我们和他们井水不犯河水地在村子里又生活了三年。最后终于忍无可忍了！你知道吗，什么东西都不能放在田地里：犁放在地里会被偷，马拴在地里会被牵走，牛放出去会被杀了吃肉，甚至连干草都会被偷。不仅如此，他们来了之后，就不断地发生森林火灾，野兽们也都逃走了。他们还在河上拦网，不让鱼到我们这边来。我们忍了再忍，最后还是决定离开那里。我们派代表向北寻找新村址，我们走遍了整个海岸之后选中了稚吉特湾这个地方，于是我们就搬到这儿来了。”

“如果那些人追到这里，你们怎么办？”我问道。

“那我们就再搬远点。正是因为担心他们再追到这里，所以我们不敢盖太好的房子，因为早就看明白了，我们在一个地方住不上五年。”

“但是，不断搬家会造成很大的损失啊！”

“怎么会造成损失呢？那些人会把我们的房子和其他不动产都买去的。”

“可是你们每搬一次家就要重新开垦荒地啊！这不是又费钱又费力嘛！”

“我们种的田不多，”老人回答道，“我们种的粮食够吃到秋天就行。秋天后我们就去离驻地很远的地方打猎，还去捕貂。总之，还有其他的赚钱办法。”

“还有哪些赚钱的办法呢？”我问道。

“那可太多了，”他回答说，“常言道‘靠山吃山，靠海吃海’，什么能赚到钱，就干什么。住在边疆地区，只要你远离人群，就完全可以生活得很好。这里地域辽阔，耕地很多，鱼啊，野兽啊，木材啊，都数不胜数。只要肯干活，只要不偷懒，想要什么就能有什么。唯一需要费心思的就是要弄清楚，哪里有什么东西，什么东西可以轻易得到。”

老人说得很正确，不是环境适应人，而是人要适应环境。

德尔苏没听完我们的谈话就走了，我在老人这儿又坐了好一会儿，听他讲故事。在我准备回自己帐篷的时候，不经意间我们的话题又转到了德尔苏的身上。

“德尔苏是个好人，很实在，”老人说道，“唯一不好的是，他是亚洲人，不是基督徒，不信上帝。现在，他也和我一样在这个世界活着，这样也真不错！可是，死后该到另一个世界的时候，他该怎么办？”

“也会和你我一样。”我回答道。

“圣母保佑，千万不要这样说，”老人画了个十字，接着说道，“我是圣徒教会的真教徒，德尔苏算什么？他没受过洗礼！没受过洗礼自然就不会有灵魂，他只是一股气体。”

这位虔诚的旧教徒带着蔑视的语气吐了一口唾沫，然后开始准备睡觉的铺盖。我和他道了别，就向自己的宿营地走去。德尔苏和步兵们围着火堆坐着。我向他看了一眼，发现他正准备去什么地方。

“你这是要去哪里？”我问道。

“去打猎，我想打一个狍子给你看看。应该帮帮那个旧教徒，他家孩子多，我数了数，有孩子六个。”德尔苏说道。

“他没有灵魂，只是一股气体。”我想起了那位旧教徒老人对德尔苏的评价，于是特别想阻止德尔苏去为这位虔诚的“圣徒教会的真教徒”打猎，可是话到嘴边我又忍住了，因为我知道，这只会让德尔苏徒增烦恼。

第二天一大早德尔苏就回来了。他打到了一只鹿，因此求我给他一匹马，他要把鹿肉运到宿营地来。然后，他又告诉我说他发现了一些新鲜的脚印，而且这脚印绝对不是我们队伍中的人留下的，也不是旧教徒那些人留下的。德尔苏说，他发现的脚印是三个人踩出来的，其中两个人穿的是新皮靴，第三个人穿的是鞋底已经磨偏的旧皮靴，鞋跟上打着铁鞋掌。德尔苏的观察能力我是非常了解的，因此对他的话我深信不疑。

快到上午十点的时候，德尔苏把鹿肉运回了宿营地。他把鹿肉分成了三份。一份给了我们的步兵，另一份给了旧教徒，还有一份他要送给宿营地附近的中国邻居。步兵们不想让德尔苏把肉分给别人。

“不可以，”德尔苏反驳道，“我们不可以这样做，要把肉也给周围的人。你怎么能一个人吃独食呢？真是罪过。”

这种朴素的共产主义精神一直是德尔苏所奉行的基本行为准则。他总是把自己打来的所有猎物与邻居们均分，无论他们属于哪个民族。不仅如此，德尔苏还坚持平均分配的原则，他自己留的一份也与别人的一样多。

两天后，我和德尔苏还有扎哈罗夫出发去了稚吉特湾的另一侧。上岸后，我们才走出不到一百步，德尔苏就又发现了一些脚印。这些脚印把我们引到了一个废弃的宿营地。德尔苏开始仔细察看这个宿营地，他断定，有四个俄罗斯人在这个宿营地住过。这四个人是城里来的，而且以前从未来过原始森林。德尔苏的前一个结论是根据地上留下的烟盒、吃剩的罐头盒、扔下的报纸和面包皮得出的，因为这些东西只有在城里才买得到。后一个结论是因为宿营地选址非常不专业，篝火，特别是拾来的木柴一看就是外行人的做法。显然，在安营的时候，这些人随手拣了几块泥灰岩就点起了篝火，而且篝火还把其中一个人的毯子烧了。

近些年，总能听到有人躲进原始森林的消息。有时候是看见了真人，有时候是发现了他们留下的宿营地还有藏进灌木丛里的船。他们到底是什么人？这引起了人们的许多猜测，但从这次发现的痕迹来看，他们应该是俄罗斯人。

他们每天都能弄出点新花样。终于，那几个人因为食物都吃光了，不得不走出了森林，他们之中的一些人来到我们的宿营地，请求我们卖给他们一些面包干。很自然地，我们开始询问他们一些事情，并得知了如下情况。

原来，今年年初的时候，在符拉迪沃斯托克就有传言，稚吉特湾附近储有大量黄金，甚至还有钻石。于是，很多无业游民怀揣着一夜暴富的梦想闯进了稚吉特湾附近的海岸。他们三五成群地划着小船，或是驾着帆船，甚至是乘坐轮船来到这里，在稚吉特湾附近找个地方上岸，然后背着背囊，步行前往他们梦想中的“黄金国”。“淘金热”几乎冲昏了所有人的头脑，无关老幼。他们有的孤身一人，有的三两结伴，忍受着常人难以忍受的困苦，精疲力竭地开启了危机四伏的寻金之旅。这些不幸的、饱受苦难的人翻山越岭，怀着哪怕是能找到一粒金沙也好的梦想。为了迷惑竞争对手，他们对自己来这里的目的守口如瓶，躲进原始森林，并故意放出各种谣言。寻金者之间彼此猜忌，相互吵架，甚至相互跟踪。一旦某一伙人无缘无故地去了某个无名山谷，另一伙人马上就会无端揣测那个山谷里有钻石。于是他们就会想方设法地抢先去那个山谷，这样一来，两伙人之间就经常会发生流血冲突。找金子并不容易，寻金人必须要有经验，还得有钱和时间。明白这一点之后，很多寻金人决定就地就近定居下来。于是他们去了符拉迪沃斯托克，从移民局那里领了移民补助金之后，再以移民的身份回到寻金地附近。还有一部分寻金者在杰尔涅湾的木材商人格里谢尔那里找到了工作，就定居在吉杰尔涅湾附近。

III. 打狍子

我们被迫在稚吉特湾停留了大约两个星期，等候搭载骡子的轮船到来。骡子不到，我们就无法踏上考察之路。我决定利用这两周的时间在普拉斯通湾周围走一走。去年，德尔苏曾在这里遇到过红胡子土匪[1]。我先是去了古廖玛河，然后又去了北部的沿岸地区。

回来后，我就开始画勘测图。N.A. 德苏拉维则去海边采集植物标本。基辅大学的学生 P.P. 博尔达科夫这些天一直和德尔苏待在一起，向德尔苏打听怎么打老虎，问他信什么宗教、是否相信有阴间诸如此类的问题。

我在帐篷里的绘图板前坐了整整两天，直到画完最后一个线条并打上句号。完成工作后，我就拿起猎枪去打狍子。

渊子河谷地的右侧，是一片慢坡湿地。地上稀疏地长着草、灌木、橡树、椴树和白桦树。河水在这里冲出了长长的沟壑，我对附近进行了探察。虽然是晴天，风却把雾从海边吹了过来，但还来不及笼罩大地，雾就在空中消散了。这种现象对滨海地区的居民们来说已是司空见惯。当海边阴郁潮湿但山里晴朗干燥温暖的时候，

1　指旧时活动在深山野林中结伙打劫的人。——译者注

蒸汽的冷凝现象就会停止，从海边飘进山里的雾就会消散，人在山中自然也就看不见雾。

在离宿营地大约四俄里[1]的地方，我发现了一条小路。我沿着这条小路朝森林的方向走。没走多久，树枝就开始打我的脸。根据经验判断，这附近肯定会有野兽出没。因为担心继续走下去会离宿营地越来越远，我便离开了小路，钻到林中去寻找猎物。我在附近的沟壑里走了很久，但一无所获。

天已经不早了，黄昏即将来临。天气越来越凉，雾离地面也越来越近，像破棉絮一样从山顶向谷底压了下来，且越来越大，不断地吞噬着它所到之处的一切事物。

就在这时，有两只狍子跑了过来。我立刻举起枪，枪响后，一只狍子应声倒地，另一只狍子受到惊吓跑开了，但跑了几步又停了下来。于是我趁机开了第二枪。狍子踉跄了一下，但立刻稳住了身体，然后慢慢地走进了灌木丛——它受伤了。我连忙追了过去，但没追上，继续追下去我可能会迷路，那就连打死的狍子也拿不到了，于是我转身往回走。打倒狍子的具体位置我记不太清了，我感觉自己很可能是走过了头，就摸索着一点一点地往回找。周围的树都一模一样，我打死的狍子不见了，它居然不翼而飞了！于是，我决定先返回宿营地，明天再带人来找。环顾四周后，我选择了一个自认为是正确的方向，然后沿着壕沟朝宿营地的方向走。

1　俄里，俄罗斯长度单位，1 俄里约等于 1.067 千米。——译者注走着走着，视野忽然变小——起大雾了。雾浓得像一堵墙一样，把我与外面的世界完全隔开，我只能看见眼前的物体。大雾中，我一会儿绊在倒木上，一会儿又撞进灌木丛里，后来又碰到了树桩和土墩。

这样的天气，黄昏来得比平时要早。为了防止天黑后迷路，我决定重新回到那条小路上去。在我印象中，小路应该在左后方，可是走了一个小时，我也没有找到那条小路。又走了一个小时，还是没找到路。我只好改变方向，沿着壕沟走，可是走着走着，壕沟转弯了。这时，我想起了去年因为没带火柴，迫不得已在阿尔扎马索夫卡河附近的森林里过夜的经历，这次我又重蹈覆辙——忘记带火柴了。我只好向空中射击，但没收到任何回复。我累极了，坐到一棵倒木上想休息一会儿，但刚一坐下就打了个寒战。难耐的冰冷与潮湿让我不得不站起身继续走。此时，应该已经是明月高悬，但是我在浓雾中根本就看不到月亮的影子，只是地面比刚才亮了一点。又走了大约两个小时，我依然没有找到那条小路。周围的一切毫无识别度：空地、小树林、沟壑、灌木、乔木，甚至连地上的枯枝败叶都一模一样。终于，我再也走不动了，我走到最近的一棵倒木旁，坐了下去，倚着树枝，开始打盹儿。夜特别冷，我只好隔一会儿就站起来原地活动一下，就这样挨到了早上。忽然，我看见旁边还有一棵倒木，这棵倒木看起来有几分熟悉，我走了过去，这居然就是我第一次休息时坐过的倒木。

天终于亮了，周围笼罩在朦胧的、灰蓝色的晨雾里。雾是静止的，仿佛睡着了。草和灌木丛都湿漉漉的，树林里的鸟儿们也渐渐地醒来了。不知从哪儿飞来了一只乌鸦，哑哑地叫了一声，然后就慢慢地从一片林间空地的上方飞了过去。啄木鸟、野鸽子和蓝胸佛法僧也都醒了。天大亮的时候，我站起身，赶走了睡意，沿着壕沟边出发了。还没走出十步远，我就看见了昨天打死的那只狍子。

原来，我是一直在这周围转圈啊！如此不堪的不眠之夜让我感到一丝沮丧，但一想到我并没有两手空空地返回宿营地，喜悦之情就赶走了这丝沮丧。也许，这就是每位猎人都有的虚荣心吧！

很快，天就大亮了。虽然看不到太阳，但却可以感受到它的存在。雾正慢慢散去，有的地方已经能看见蓝色的天空了，然后仿佛在一瞬间，耀眼的阳光就穿过迷雾照在了潮湿的地面上。周围变得明亮起来，我现在身在何处，应该朝哪里走，也都一目了然了。我感到很奇怪，为什么在夜里我就找不到正确的方向呢？阳光照在大地上，周围变得温暖起来，这种感觉真不错，我不由自主地加快了脚步。

两个小时后，我回到了宿营地。我的队员们并没有因为我一夜未归而担心，因为他们以为我是在附近的中国人的房子里过的夜。喝完了热茶，我躺到自己的铺位上沉沉地睡着了。

之后的几天，我们进行了枪支的试射工作。我给大伙发了子弹，指挥他们安好靶子。试射工作结束后，步兵们求我允许他们进行自由射击。我同意了，于是步兵们就先用枪打瓶子，打树干上的白斑点，然后又打放在悬崖上的圆石头。

一只潜鸭不知道从什么地方飞了过来，落在离岸边不远的水面上，枪声似乎并没有引起它的注意。步兵扎哈罗夫和萨宾托夫不约而同地将枪对准了这只鸭子。俩人都想抢在对方之前开枪，所以都有点心急，也都很紧张。这种情绪影响了他们的发挥。枪声几乎同时响起，一颗子弹还没飞到目标处就落地了，另一颗则落入了水中离鸭子很远的地方。鸭子受到了惊吓，潜入水中，但片刻之后又在离岸边稍远的位置凫出水面。扎哈罗夫瞄准鸭子，又开了一枪，还是打偏了。鸭子又一次潜进了水里。其他的步兵也不打树上的白斑点了，他们在岸边一字排开，然后朝越游越远的鸭子开枪。他们越是着急，就越打不中，鸭子也就游得越远。我目测，此时鸭子距岸边已经能有三百步远了。这时，德尔苏回来了，我看了他一眼，就立刻发现他喝酒了。德尔苏满脸微笑地走到帐篷前，然后停下脚步，手搭凉棚遮住阳光，想要看清楚步兵们在打什么。这时，步兵卡里诺夫斯基开了一枪，子弹又在离鸭子很远的地方落下了，甚至都没惊到鸭子。当德尔苏得知步兵们在鸭子离得很近的时候都打不着它之后，就走到步兵们的跟前，笑着说道：

“你们的枪法真好，现在我想把鸭子给你们再赶远点。”

话音一落，德尔苏看都没看鸭子的位置，抬手就开了一枪。大家立刻惊呼起来，因为子弹分毫不差地打在了鸭子身下的水里，溅起的水花恰好落到了鸭子的身上。鸭子吓得大叫一声飞离了水面，飞了一会儿又钻进了水里。几分钟之后，鸭子在离岸边很远的地方凫出水面。德尔苏又飞快地抬起手开了一枪。这一枪，如果鸭子没有飞离水面，子弹应该会正好打中它。鸭子离岸边已经非常远了，远到凭肉眼很难看清楚它的位置，我们就举起了望远镜，而德尔苏则笑着和步兵们开起了玩笑。自认为是神枪手的步兵德米特里·吉雅科夫想要证明德尔苏刚才开的两枪只是巧合，同时还想要证明自己的枪法并不比德尔苏差，于是在其他步兵的怂恿下，吉雅科夫决定要展示一下自己的神枪法。他单膝跪地，不断地调整姿势，用枪瞄着鸭子，过了好一会儿，终于扣动了扳机。子弹碰到水面之后，弹到了鸭子前面很远的地方，鸭子钻进了水里，但瞬间又凫出水面。于是德尔苏举起了枪，瞄了一下，然后开枪。望远镜里可以清楚地看到，这次子弹又正好打进了鸭子身下的水里。

如果不是鸭子飞走了，这场射击比赛也许会持续很久。

晚上，我听到步兵们在大声地高谈阔论。听得出，他们喝了点酒。原来德尔苏带回了一瓶酒，分给他们喝。酒精让大家的情绪都激动了起来，步兵们开始吵架。

“你们别吵了，”德尔苏小声说道，“我给你们唱首歌吧。”说完，德尔苏就唱了起来。

一开始，根本没人听他唱。后来，一个步兵闭上了嘴，不再争吵了，随后第二个，然后第三个，最后整个宿营地都安静了下来。德尔苏唱着一支忧伤的歌，虽然我们听不懂歌词，但能准确地感觉到，他是在回忆美好的从前，并在埋怨命运的不公平。歌的旋律虽然没有什么起伏，但却触人心弦，能唤醒人内心深处沉睡着的美好。我坐在一块石头上，静静地听德尔苏唱歌。歌声让我想起了那句瑞士的名言："要在有歌声的地方生活，因为爱唱歌的人心无邪念。"

天色已暗，繁星闪烁。月亮正慢慢地从山的后面爬上天空。虽然此时还看不见它，但是白色的月光已经照亮了夜空。

微醺的步兵们进入了梦乡，可是德尔苏依然唱着，他小声地唱着，唱给自己听。我起身回到自己的帐篷里，躺到铺上，也睡着了。

第二天晚上，坐在篝火旁，我给步兵们讲童话《渔夫和金鱼的故事》。德尔苏在旁边用斧子砍着什么，听到我讲故事，他就停下了手里的活儿，轻轻地放下了斧子，听起故事来。等故事讲完了，德尔苏起身说道："像老太婆这样的婆娘真的很多。"他甚至沮丧地吐了一口唾沫，然后接着发表自己的见解："可怜的老头啊，他真应该离开那个老太婆，他应该做一个独木舟，然后划着它到另一个地方去住。"

他的话引得大伙哄堂大笑。但是德尔苏只用一句话就高度地概括出了游牧之人的处世之道。德尔苏认为，解决问题最好的办法就是造一条小船，然后划着船离开。

夜渐深，我走到篝火边，德尔苏坐在木柴堆上，看着篝火想心事。我问他在想什么。

"那个老头太可怜了。他是一个温柔的人，去海边那么多趟，喊小金鱼出来，可能把脚上的软底毛靴都磨坏了吧。"德尔苏对我说道。

看来《渔夫和金鱼的故事》给德尔苏留下了十分深刻的印象。和德尔苏又聊了一会儿，我就回自己的帐篷了。

IV. 第一次远足

终于，在漫长的等待之后，“埃尔多拉多”号轮船在6月末把骡子运到了稚吉特湾。这真是一件让人高兴的事，我们终于摆脱了困境，可以开启考察之旅了。

轮船停泊在离河口大约四百步远的水中，骡子被直接卸到了水中。这些牲口一下水就判断出了正确的方向，径直地游向岸边。步兵们在岸上做好了接骡子的一切准备。

花了两个昼夜的时间给骡子配好了鞍，安好了驮包。7月1日，我们正式出发了。

考察队准备在渊子河兵分两路。我和N.A.德苏拉维与P.P.博尔达科夫带领一部分人向西南岔河方向行进，陆军上士A.I.梅尔兹利亚科夫带领其他人沿着里间沟向上游走。我们计划在最后一排房子附近，也就是渊子河河谷的西北角分手。这时，德尔苏走到我跟前，请求我同意他在鞑子村停留一天。他说明天傍晚前一定能追上我们。我告诉他，我担心他找不到我们，德尔苏开怀大笑，然后说道：

“你又不是一根针，你也不是鸟，你又不能飞的，你是地上走的，你脚得落地，脚落地，你就有脚印，我有眼睛，能看到你的脚印。”

既然德尔苏这么说，我也就没理由反对了。我非常清楚德尔苏辨别痕迹的能力，于是就同意了他的要求。我们向前行进，德尔苏则留在渊子河。第二天早晨，德尔苏真的追上了我们。他根据我们留下的脚印，准确地推断出我们都干了什么。他知道我们在哪儿休息过，他还发现，我们在一个地方站了好长时间，就是小路突然断了的地方。通过脚印，他还知道我派了人四处去探路。还知道一位步兵在哪个地方换了鞋子。根据发现的一块带血迹的破布和一小片棉絮，德尔苏就能知道有人磨破了脚。我对德尔苏的分析能力早就非常了解，但是步兵们却像发现了新大陆一样，吃惊又好奇地看着德尔苏。

渊子河在航海地图上的名称是弗拉基米罗夫卡，被标注为小河。渊子河河谷的宽度大约有三俄里。河的左岸是丘陵山地，右岸是平缓的坡地，长着稀疏的白杨、桦树、赤杨和落叶松。这里的地形让人无法辨别出谷地转变为山地的具体位置。上游地带山峰突兀，景致变化非常大。

除橡树之外，这里的乔木类树种有黑桦、白桦、白蜡树、胡桃楸、色木槭、臭冷杉、黄檗、紫杉、朝鲜槐、欧美山杨、紫椴；灌木类树种有榛子、山楂、鸡树条荚蒾、绣线菊、胡枝子。

渊子河在近河口处分出了很多支流，其中一条支流流向了谷地的右侧。旧教徒们看中了这块地方，准备以后迁居到此处。

一条小路从海岸边一直向上延伸至河谷，渊子河所有的支流都以这条小路为界向右流去。在东沟河口的对面处，小路被渊子河截断，这里有一片宽阔的台地，地表覆盖着黏土、沙土和碎石。台地的脚下有一些中国人的房子。

渊子河可以当之无愧地被称为“狍子河”，这是因为这里生活着大量的狍子。

西伯利亚狍的体型要比欧洲狍大，成年狍子体长约一米半，肩高约 87 厘米。颈部细长，耳短宽而圆，会动。雄性具角，角短，分叉不多，角基部有一圈表面粗糙的节突，节突的数量一般不超过 6 个。

夏毛红赭色，冬毛黄褐色，臀部靠近尾巴处有白色斑块，猎人们把这个白色斑块叫“镜子”，奔跑的时候狍子的臀部会向上耸动，皮毛的保护色使狍子的身体与周围环境融为一体，因此只能看到狍子臀部忽隐忽现的白色“镜子”。

10 月，狍子会成群结队地离开乌苏里边疆区的森林地带，迁徙到中国东北地区，它们中的一部分会停留在兴凯湖附近的草原地带。一旦被哥萨克人发现渡河的地点，狍子群就会遭到大规模的猎杀。在猎杀狍子的过程中，哥萨克人根本就不在意它们的性别和年龄。修建铁路后，人类的足迹踏进了乌苏里江谷地，西伯利亚狍的季节性迁徙停止了，在渡口猎杀狍子的行动自然也就无从谈起，只能存留于人们的回忆当中了。

狍子非常胆小，而且始终是猛兽和人类猎杀的对象，因此，狍子总是保持着高度的警觉，它们凭借着灵敏的听觉和嗅觉来捕捉周围潜在的危险气息。

狍子白天喜欢躲在阔叶林里的沼泽湿地中，只有在晚上才会来到林间的草地上吃草。哪怕待在绝对安静和安全的环境中，狍子也始终警觉地四处环顾，留意着周围的风吹草动，一旦受到惊吓就会逃跑，跑动中甚至可以纵身越过壕沟、灌木丛和倒在地上的树木。

乌苏里边疆区所有的草地和原始次生林里都有狍子活动的踪迹，但是狍子不喜欢多岩石的高山针叶林。

人们猎杀狍子的主要目的是吃肉，狍子皮在冬天还可以用来缝制睡袋，做成皮毛外衣和皮里皮面的褂子，一副狍子角则大约能卖到 1.5 卢布。

奇怪的是，狍子可以和除东北马鹿之外的所有动物和平共处。在人工饲养的情况下，如果把狍子和马鹿放在一起，狍子就会慢慢死去。狍子不能与马鹿共存，这一特点在盐沼地区特别明显，假如是狍子先发现的盐沼地，那么在马鹿群到来之前，狍子群会一直待在那里。

猎人不止一次地观察到，一旦盐沼地区出现了马鹿，狍子群就会离开，并在相当长的一段时间内都不会再出现。

山中的疏林，长着灌木的垄岗，辽阔的渊子河谷地上的芦苇丛，都是适合狍子生活的场所。

我们经常能看到狍子从草丛中跳出来，但是下一秒它们就能再次藏进草丛，捕猎者根本打不到它们。

附近还能看到新掘开的泥土。猪都是由住在这儿的中国人圈养的，因此可以确定，这些泥土是野猪拱开的。有野猪的地方，就一定会有老虎。事实的确如此，在不远处河边的沙地上，我们发现了一只体型很大的老虎的脚印。脚印沿着河边，直到在一根倒木前消失了。这说明老虎来这儿不是为了喝水，而是要捕食狍子和野猪。

听鞑子们说，大约两个月前，一只老虎在房子边叼走了一个小孩。几天后，另一只老虎袭击了一个在农田里干活的中国人，那个人受了重伤，当天就死了。

旧河床和小河汊子附近的河柳丛中，偶尔能看到松鸡。通常它们会在地上找食吃，只有受到惊吓时，才会飞到树上去。空中有几只白尾海雕在盘旋，一只海雕突然向河面俯冲下来。我小心翼翼地拨开草丛向岸边走去，然后开始观察这只海雕。它落在了水边的一块砾石上，旁边有几只乌鸦正在啄食一条鱼。海雕开始驱赶乌鸦，乌鸦一开始企图反抗，但是被狠狠地啄了几下之后，就放弃了保卫地盘的想法。乌鸦飞走之后，海雕开始捉鱼。它径直走进水里，把肚子、尾巴和翅膀都沉到水里，然后开始在水里跳。不到一分钟，它就捉住了一条鱼，把鱼拖上岸后便开吃了。吃饱后，这只猛禽又飞到了空中，另外两只海雕看到后，立刻飞了过来，然后这三只海雕开始在空中画圈。它们并没有彼此追逐，始终保持着平行飞翔的状态，在碧蓝无垠的天空中越飞越高。

很快，三只海雕就变成了空中的小黑点，之所以我还能看见它们，是因为我始终都目不转睛。

这时，我忽然听到同伴们的喊声从小路的方向传来，他们喊我回去，五分钟之后，我们会合了。

渊子河下游有三条小的支流。右边的支流叫小渊子河，长度10俄里。左边有两条支流：一条叫东沟，去年考察的时候我们就到过这里；另一条叫里间沟，按计划，A.I. 梅尔兹利亚科夫应该沿里间沟行进。小渊子河的景色异常优美，狭长崎岖的谷地被高山环绕着。

里间沟河谷的地形非常奇怪，人们根本没办法判断它是横向还是纵向的。有的地方宽度能达到1.5俄里，有的地方则窄到仅有100俄丈。下游地区有很多林间空地，但地表多石，因此并不适合农耕。谷地中经常能见到火烧过后的空地，有的地方长着稀疏的阔叶林，沿着谷地向上走，阔叶林中开始出现针叶树种，越往高处，针叶树越多，直到完全取代了阔叶树。里间沟上游有一座中国猎人的房子，在这座房子附近，小路转向山里，朝伊曼河方向延伸。从南坡登宏塔弥山口比较困难，河源地区的山谷变得非常狭窄，而且遍布岩石和被暴风刮倒的树木。根据 A.I. 梅尔兹利亚科夫的测量结果，宏塔弥山口的高度为2480俄尺。

在渊子河周边地区生活的有中国人和乌德盖人。中国人的房子主要集中在河的左岸，乌德盖人则生活在高处的山谷中。

这天，我们并没有继续赶路，而是找了一处比较干净的房子，在院子里搭帐篷宿营，马鞍和其他的物品都放在了房檐下。第二天，我们继续赶路。

小路又一次被河流拦腰截断，大约走了5俄里，我们来到了渊子河分流的地方，在这里它分成了三条河，分别是西南岔河、古廖玛河（这名称的来源我不清楚）和堪达罕河。古廖玛河发源于锡霍特－阿林山脉，自西向东流淌，长度约为40俄里；堪达罕河的长度为20俄里，沿着堪达罕河可以到达西南岔河，西南岔河是萨哈姆别河的支流，去年我在西南岔河附近遇到了森林火灾。这三条河的汇集之处就是渊子河开始的地方。顺着水流方向，右侧是一座险峻的山峰，山名叫大砬子，小路从山脚下通过，听附近的中国人说，这里常有老虎出没。

西南岔河从锡霍特－阿林山脉和与海岸平行的那座山之间的谷地流过，长度约为75俄里，宽约15俄丈，水流湍急，流速大约是每小时4俄里。大砬子山的另一侧是宽阔的、沼泽化的平地，再往上则是逐渐升高的台地，台地上是稀疏的阔叶林。我们从台地向下走，大约走了半俄里后，进入了一片茂密的森林。

假如有人让我想象一下原始森林，我相信，每一次出现在我脑海中的一定会是西南岔河谷地的这片森林。

这里除了常见的水曲柳、岳桦和云杨，还有鱼鳞云杉，它是鄂霍次克地区植物群的典型树种；花楷槭，这种树的叶片有别于普通槭树；斑叶稠李，树皮呈黄褐色，枝条下垂，斑叶稠李的嫩枝是黑熊最喜欢的食物之一。河两岸还有很多刺柳，这种柳树的嫩枝条呈紫红色。此处几乎能找到所有种类的灌木，特别值得一提的是刺果茶藨子，它的叶片两面长满了柔软的短毛。还有一种名叫红端木的灌木，它的枝条柔韧绵长，叶片波状反卷，上面呈暗绿色，下面有白色短毛。

林中树冠的顶端枝条交错，遮天蔽日。这片林中最高大的当属甜杨和红松。四十年树龄的树在甜杨和红松的映衬下，看起来就像是刚长出来的小树苗。这里还有丁香树，其他地区的丁香树都是灌木，可是这里的丁香树能长到十多米高，树围能达到 2 俄尺。林中被暴风刮断的树木倒在地上，树身已经长满了青苔，与周围的各种植物组成了一幅和谐美好的画面。

林中下层的灌木丛主要由刺五加、山葡萄和一些藤本植物组成，盘根错节，让人举步维艰，因此我们行进的速度异常缓慢，走几步就要停下来，仔细观察，尽力寻找倒木较少的地方，好让骡子能走过去。

植物学家 N.A. 德苏拉维在这天的日记中记录的在森林里发现的开花植物与隐花植物包括：七筋姑，叶片大而多汁，花白色，茎长；鸟巢兰，花为淡粉红色，数量众多；白茎鸦葱，这是一种高大的草本植物，叶片细长，开黄白花；羊齿，叶片较大，为三角形，第一眼看上去很像蕨菜；蹄盖蕨，这种蕨类植物的叶片形状会随着环境的变化而改变。

越往前走，倒木就越多，骡子就越难前进。为了加快速度，我派步兵扎哈罗夫带人组成了开路先锋队，他们需要把路上的倒木挪开，挪不开的时候则需要开出可以绕行的路。有时候倒木的树冠卡在高处，这时只需要把下面挡路的枝条砍掉，砍出一个能过人的大门就可以；遇到完全倒在地上的树冠，就需要把枝杈都砍掉，以免伤到骡子的蹄子或扎坏它们的肚子。

下午，我们抵达捕猎围栏，这道围栏横穿西南岔河谷地，一端抵在山崖上。围栏建成已久，因此要非常小心地看脚下的路，以防掉进捕兽陷阱里。小路把我们引向了一座猎人的房子。房子旁边有一个建在两根柱子上的悬空仓库，用来装食物、兽皮、鹿茸和其他物品。我们在这里过了一夜。

第二天一大早大伙就被吵醒了，因为天一亮就出现了很多蚊蚋，密密麻麻，满天都是。骡子们被蜇得不吃饲料，都朝篝火边挤。我们简单喝了点茶，收拾起帐篷就动身赶路了。

小路从房子边一直通向密林深处，蜿蜒曲折，避开了大的倒木和茂密的山葡萄丛。

在这样的森林里进行测绘非常艰难，因为时不时就会看不到路，根本不知道路是向左转了还是向右转了。但是很快我就无意间发现了一个好办法：让一名步兵走在我的前面，我就是用这样的方式判断出了路的方向。于是，我让一名步兵走在我的前面并保持一定的距离，让他始终在我的视线范围内。除此之外，我还给了他一个铃铛，有的地方可以根据声音来判断角度。西南岔河谷地有很多啄木鸟科的攀禽类。到处都能听到鸟喙啄木的声音和刺耳的鸟叫声。这里有体型很大的啄木鸟，它们的羽毛色彩斑斓，还有中等体型、长着红色尾羽的啄木鸟，也有长着红色或深红绿色尾羽的小啄木鸟。

仲夏之后，这片林中会出现硕大的黑蜘蛛。它们会织车轮状的网，蛛丝的长度能达到 3 ~ 4 俄丈，也就是 6 ~ 8 米，而且蛛丝非常结实，用手从一边拉到另一边都不会断。8 月的时候，这些硕大的黑蜘蛛就会消失得无影无踪，取而代之的是一些较小的、黄绿色的、肚子上带红色图案的蜘蛛。森林中每走一步都会遇到讨厌的蜘蛛网。

走在队伍前面的人对此感受最深，因为他要不断地把挂在脸上的蜘蛛网扯下来，并把落在鼻子上的蜘蛛抓下来甩开。

这天，我们走到了西南岔河分叉的地方，在这里，它分成了大西南岔河和小西南岔河。大西南岔河是主河，小西南岔河是支流。

越接近分水岭，森林就变得越阴森，野兽的足迹也就越来越多。小路经常会被拦腰截断，一会儿在河的这岸，一会儿又拐到河的另一岸，最后竟然消失了。

这一区域注入西南岔河的溪流有右边的扁儿沟和伊吉姆路沟，以及左边的砬子沟和红高粱沟。西南岔河这一段的水流并不大，但堆积如山的倒木可以证明连日阴雨时水位的高度——河水竟然能涨到把大树轻松冲走的高度。

越往前，路越难走。于是我决定把骡子们留在宿营地，第二天我们自己背着背囊继续考察，计划用两天的时间到达分水岭，但实际上用了四个昼夜我们才完成预定的考察计划，而且还遇到了恶劣的天气——一直在下雨。

这里有几条小溪从锡霍特 - 阿林山脉上潺潺流下，从左侧汇入了西南岔河。

我们选了其中的一条小溪，然后开始沿着它上山。根据德尔苏的判断，这场雨短时间内不会停。低沉的乌云笼罩着大地，缓缓地移动着，山峦的一半都隐在了云雾中　站在山顶，我们也只能看见眼前的景物。带的食物已经快吃完了，所以第二天我们必须下山。

我们在帐篷里已经待了两个昼夜了，根本就出不去。天空阴沉，黑漆漆的乌云仿佛在赛跑一样，翻滚着将雨滴洒向地面。

终于，最后的一丝耐心也耗尽了，我们决定冒雨下山，朝海岸的方向往回走。没走出多远，雨忽然间就停了，太阳也出来了。瞬间，周围的一切就变得欢快起来，只有那浑浊的河水、倒伏在地上的青草、尚未消散的山间云雾证明着这里刚刚曾有过一场浩劫。

被恶劣的天气折磨得精疲力竭，我们因此早早地就开始准备宿营。傍晚时分，传来了阵阵虎啸声——附近有老虎。一整夜，我们都把篝火烧得旺旺的，还朝空中开了几次枪。

又过了大约两天，我们终于回到了安置骡子的宿营地，与留在那里的考察队员会合。

7 月 26 日，我们在渊子河逗留了一天，让步兵们修理鞋子、洗洗内衣。

一整天，德尔苏的情绪都很低落，总是一个人待着，和谁都不说话。后来，他向我要了 3 卢布，然后就走了。下午四点，N.A. 德苏拉维和 P.P. 博尔达科夫对周围的地区进行考察，而我需要把沿西南岔河考察所走过的路线绘制成图。

黄昏时分又起雾了，而且越来越浓，很快，河对岸的房子都被浓雾遮住了。随着浓雾降临的还有死一般的寂静，湿漉漉的树叶上滴下的水珠，是打破这寂静的唯一声响。

一个步兵来找我，告诉我德尔苏现在正一个人守着一堆火唱歌。

我问步兵德尔苏在哪儿，步兵回答说：“离宿营地很远，在森林里的一条小河边。”

这个步兵告诉我要沿着小路一直走，直到在右侧看到火光为止，那火光就是德尔苏的火堆。我按步兵说的方向大约走了三百步，但根本没看到火光。正当我准备转身回去的时候，忽然透过雾气隐隐约约地看见了一丝火光，我朝火光的方向走去，走了不到五十步，雾忽然散了。

眼前忽然出现的场景让我备感意外，也备感新奇，我不由自主地停下脚步，屏息静气。我看到德尔苏坐在火堆边，脸朝着我的方向，身边的地上放着斧子和步枪。他双手拿着一把刀，正用刀削着一根一端抵在他胸口处的树杈，一边削着，一边唱着歌，歌的旋律单调，消沉又忧伤。他并没有将树杈上的枝条都削掉，留在顶端的枝条一个压一个，看起来像是在小棍上装饰的缨子。德尔苏用右手拿起了这根小棍，停下了歌声，朝空地的方向问了一个问题，问完之后，就开始听，全神贯注地听着，但根本就没有回答声。于是，他把手里的小棍扔进了火堆中，又开始削另一根树杈。过了一会儿，德尔苏拿出了一个小酒盅，把瓶子里的伏特加酒倒进了酒盅里，用中指沾了些酒，然后按东西南北四个方向，分别将酒滴在了地上。然后，他又喊了一句话，喊过之后继续侧耳听着。忽然，远处传来了一声鸟鸣，德尔苏霍地站了起来。

这次，他大声地唱起了那首歌，然后把剩下的酒全都倒进了火堆里。一团蓝色的火焰瞬间腾起。德尔苏开始把烟叶、鱼干、肉、盐、小米、大米、面粉、一块蓝色的棉布、崭新的靰鞡鞋、一盒火柴还有空酒瓶一样一样地扔进火堆里。紧接着，歌声停了下来，德尔苏坐到了地上，把头垂到胸口处，陷入了沉思。

我决定过去看看德尔苏，为了让他听到我的脚步声，我特意踩着岸边的鹅卵石向他走去。德尔苏抬起了头，看着我，眼中满是忧愁。我问他为什么一个人待在这里，然后告诉他我很担心他。德尔苏并没有回答我的问题。我也在火堆边坐了下来，和德尔苏面对面。我们就这样默默地坐了大概五分钟，这时，又传来了一声鸟鸣。德尔苏激动地站起身，面向鸟鸣声传来的方向，大声地叫喊着。他的声音中有忧伤，有恐惧，还有喜悦。然后一切又归于寂静。德尔苏轻轻地坐到自己的位置上，开始拨火。火堆里的酒瓶子被烧得通红，瓶身上出现了裂纹，开始熔化。

我没有问德尔苏这一切意味着什么，因为我知道，德尔苏会告诉我，我的判断是正确的。

“那儿人太多，有中国人，还有步兵们，你不懂，他们会笑话我，也会打扰我。”德尔苏开口说道。

我没有打断德尔苏，于是他接着给我讲了他昨天夜里做的那个梦：他梦到了一个破败不堪的毡屋，里面住着他的家人，日子过得特别穷。妻子和孩子们饿着肚子，被冻得瑟瑟发抖。亲人们在梦里请求他给他们送点劈柴，寄几件暖和的衣服还有鞋子，他们还要食物和火柴。于是，他就把这些东西都烧给了他们。德尔苏相信，死去的亲人们在另一个世界也是像在人间一样生活。我小心翼翼地问德尔苏他刚才回应的鸟鸣声是怎么回事。

“那是鬼魂，”德尔苏回答说，“我想，那是我妻子的鬼魂，我寄给他们的东西她都收到了，咱们现在可以回去了。”

说完，德尔苏就站了起来，把火堆里没烧完的木柴扬向四处。火灭了，周围立刻陷入了成倍的黑暗之中。几分钟后，我和德尔苏沿着小路往回走，他不说话，我也沉默着。

周围静悄悄的，饱含水汽的空气冷了，山谷里浓雾弥漫，下起了毛毛细雨。我们接近房子的时候，狗大声地叫了起来。

因为德尔苏习惯露宿，我就自己回到了房子里，躺在热乎乎的炕上开始打盹儿，耳畔可以听到墙外骡子们咀嚼干草的声音，狗叫声过了好久才平息下来。

德尔苏的影子在我的脑海中久久挥之不去，他实在是太可怜了。他关于另一个世界的信仰，他对早已死去的家人的爱是那样的朴实无华，那样的触动人心。我能感觉到自己对德尔苏的好感与日俱增，他对我也是同样。也许这就是所谓的“惺惺相惜”吧！一夜无眠，直到黎明时分我才睡着了。

V. 在山中

第二天，又是一个阴天。厚重的雨云在天空中缓慢地移动着，连空气都变成了铅灰色，天黑得像黎明前一样。昨天还美轮美奂的群山，今天也换上了阴郁的面孔。

考察队的队员们知道，只要不是大雨倾盆，预订的行程一般都不会改变，只有极特殊的情况才会让我们留在宿营地。

今天的天气使人心生愁绪。没风，空气似乎是静止的，又因饱含水汽而变得厚重，压在地面上，仿佛吞噬了四周的一切。阴沉的天空、湿漉漉的植物、肮脏的小路、一摊摊的水洼，还有周围死一般的寂静，都仿佛在暗示着有一场更猛烈的暴雨即将来临。

大伙都问德尔苏，他怎么知道要下大雨了。德尔苏解释道，如果没有风，但雾气却往上走，而且能出现强烈的回声，那么绝对会有一场持续的暴雨。

下午一点左右，我带着 N.A. 德苏拉维和 P.P. 博尔达科夫继续前进，步兵们则开始给骡子们装驮包。快到下午三点的时候，我们抵达山口，这里有一条支流注入了卡伊姆巴河。原本我们应该在这里宿营，但大家都想继续往前走，于是我也就同意了。我们还没来得及走到山下，就开始掉雨点了，很快就变成了倾盆大雨。我们只好就地停下来并点起一大堆篝火，可是衣服刚一烤干又立刻湿透了。傍晚时分，驮东西的骡队才赶了上来，我们终于可以换上干衣服，然后搭帐篷了。

晚上雨下得更大了，一直下到天亮。我们一夜没睡，大家都冻得瑟瑟发抖，不断地往火堆里加柴火，隔一会儿就喝点热茶，然后趁着喝茶后的片刻温暖，赶紧打个盹儿。

早上，N.A. 德苏拉维试图爬上宏塔弥山，去采集山顶附近的植物样本，但没成功。山顶上全是雾，下午两点左右又断断续续地下起了小雨。我们趁着不下雨的时候，烤干了湿衣服，加固了帐篷，然后又好好地睡上了一觉。

这场雨将我们的耐心消耗殆尽。N.A. 德苏拉维已经等不下去了，他的假期即将结束，必须返回哈巴罗夫斯克。所以 N.A. 德苏拉维决定冒雨前往稚吉特湾等候返程的轮船。我派了两个人送他，还安排了两头骡子驮东西。上午十一点左右，在互祝彼此一路平安、一切顺利之后，我们和 N.A. 德苏拉维分手了。

中午时分，天气依旧没有好转，雨一直在下，雾气弥漫。我们又在帐篷里干坐了一整天。我又读了一遍自己的日记，步兵们睡觉，睡醒了就喝茶。傍晚刮起了大风，笼罩一切的寂静终于被打破了。湿冷的空气忽然流动了起来，仿佛猛地撕下了冷漠的面具，露出了狰狞的表情。风撕扯下来的树叶打着转儿向空中飞去，大风吹断了树杈，压弯了小树，枯树被连根拔起。

第二天是 7 月的最后一天。当朝霞在天边燃起的时候，我们就知道，今天会有个好天气。山里有些地方还有零星的雾气。雾仿佛也有灵性，知道自己的末日即将来临，因此都躲进狭窄的山谷里去了。大自然又欢腾起来，世间万物都期待着明媚的阳光，因为只有阳光才能终结恶劣天气带来的不幸。

一整天我们都在向我们熟悉的、位于布拉戈达特诺埃湖附近的采蘑菇人的住房行进。除了穿越沼泽，我们无路可走。暴雨过后的沼泽地让人寸步难行。为了尽可能地绕过沼泽，我们走了很多冤枉路，最后只好砍树，砍灌木枝，边走边垫路。人还好说，骡子几乎是走一步陷一步，肚子都快贴到沼泽里的漂浮植物上了。费了好大的劲儿，我们终于在黄昏前成功地走出了沼泽地。

第二天一大早，我们就出发了，路途遥远，我们想尽快到达萨哈姆别河，那里才是我此次考察的正式起点。P.P. 博尔达科夫带着枪朝另一个方向走了，我和德尔苏继续向前走，陆军上士 A.I. 梅尔兹利亚科夫带着骡子队走在最后。走到第二个小山谷的时候，我坐下来准备休息一下，德尔苏则开始换鞋。

忽然，一阵奇怪的声音传了过来，有点像狼嗥，又有点像野猪的尖叫声，还有点像熊的吼声。德尔苏轻轻地抓着我的衣袖，侧耳听了听，然后说道："是熊！"

我们站起了身，轻手轻脚地朝前走去，没走多久就看见了制造这噪声的罪魁祸首。这是一只中等身形的黑熊，它正围着一棵高大的椴树转圈呢！这棵树紧贴着悬崖，树的正面，有人在树干上用斧子砍出了记号。这个记号的意思是，有人比我们也比树下这只黑熊更早地发现了树洞里的蜂巢。

看到这里，我立刻明白了，黑熊是要吃树洞里的蜂蜜。只见它后腿直立着，两个前爪举起来用力地向上伸着。树下的乱石使熊掌无法伸到树洞里去，黑熊属于没有耐心的动物，够不到树洞里的蜂巢，它就开始低吼着，使足了全身的力气摇晃树。蜜蜂们围着蜂巢，飞来飞去地蜇黑熊的头，黑熊用两个爪子抹着脸，尖叫着在地上打了几个滚，然后又站起来继续摇晃树，样子看起来滑稽极了。终于，它累了，于是像人一样坐在了地上，张着嘴，呆呆地看着树，仿佛在思考着什么。坐了大约两分钟，黑熊忽然站了起来，飞快地朝椴树跑去，然后开始往树上爬。向上爬的时候，它将四个熊掌撑在岩石上，用后背使劲地压着树，树稍稍倾斜了一点。可能是树枝扎疼了熊背，它便换了个姿势，将背靠在岩石上，用熊掌推树。一阵噼里啪啦的响声过后，椴树被黑熊推倒了。黑熊的目的达到了，现在它可以取出蜂巢了。

“这家伙太狡猾了，”德尔苏说道，“我得把它赶跑，要不蜂蜜就全被它吃光了。”

说完，德尔苏就对着黑熊喊了起来：“你这人怎么这样，你怎么能偷别人的蜂蜜呢！”

黑熊听到喊话声，四处张望了一下，然后就发现了我和德尔苏，于是迅速地跑到山崖后面去了。

“得吓唬吓唬这家伙。”德尔苏说着，朝空中开了一枪。

此时，我们的驮队正好赶了上来，A.I. 梅尔兹利亚科夫听到枪声后就命令队伍停下，然后亲自过来看情况。我们决定留下两个步兵收蜂蜜：先让蜂群平静下来，再用烟熏死它们，然后就可以收蜂蜜了。如果我们不收这些蜂蜜，黑熊也会把它吃光的。五分钟之后，我们继续往前走了。

剩下的到萨哈姆别河的旅程没有任何的奇遇。我们在下午四点左右到达了杰尔涅湾，一小时后，留下来收蜂蜜的两个步兵也到了，他们带来了22俄磅[1]上好的蜂蜜。

在杰尔涅湾，P.P. 博尔达科夫也离开了队伍，因为他决定从这里前往稚吉特湾，他想追上N.A. 德苏拉维，然后和他一起去符拉迪沃斯托克。失去一个好伙伴，我感到很遗憾，但毫无办法。8月3日，我带领队伍也离开了杰尔涅湾的宿营地。

在萨哈姆别河上，我们又遇到了狩猎队的队长张宝，这次我们一起待了一整天。和他聊过之后，我发现我们去年考察时在伊曼河遇到的很多事他都知道。我从张宝那里了解到，他春天的时候去过诺托河地区，并在那里消灭了一大伙红胡子土匪。

在听到张宝打算和我们一起北上的时候，我高兴极了，因为张宝特别熟悉滨海地区的地理环境，而且他在中国人和当地的土著居民中都有一定的威信，这对我完成考察任务来说无疑是太有利了。

我从杰尔涅湾顺着一条叫“北丫”的小河往北走，这条小河

1　俄磅，俄罗斯重量单位，1俄磅约等于409.5克。——译者注

在离萨哈姆别河河口两俄里的地方流入了萨哈姆别河。北丫河全长12俄里左右，与海岸线平行。

在河源处，北丫河向东流去，几乎一直到达海边。此地生活的中国人在河谷的右侧铺了一条小路。

小路随着水流的方向也偏向东方，却没有一直向东修到河源地区，而是向北转弯，通往谷家岭方向。谷家岭大约有260米高。我们从南坡爬到岭上，再从北面下山，山路非常陡峭。

在山口的另一侧，我们发现了一条从山上流下来的小河，河的名字叫“谷家河”，在航海地图上被标记为“古吉雅”。谷家河并没能流入大海，它的入海口被沙子和鹅卵石拦住了，形成了一片沼泽地。用在此处生活的鞑子们的话来说就是：“这里有滨海地区最好的碱土地。”的确，在沼泽的四周，可以看到许多动物的脚印。海边高耸多岩的群山像一道道天然的屏障，将谷家河与大海隔开。

谷家河的另一岸，小路穿过一个小山岬，进入了大洼子河谷地。大洼子河长7 ~ 8俄里，河谷地形陡峭险峻。

又走过一个山口之后，我们就进入了阿吉米尔河谷地。这里土壤肥沃，景色壮美。阿吉米尔河在地图上的名称是“阿科玛河”，乌德盖人称其为“阿卡玛河”。阿吉米尔河是由两条小河在离入海口一俄里的地方汇集而成的，因此，这条河有两个河谷。在河口处还有一个非常漂亮的小河湾。

在离入海口大约两俄里处，河左侧的高岸上，我们看到了一座极好的中式房子，这个地方叫“东大洼子”，这里到杰尔涅湾的距离是 27 俄里。

有两位中国人从房子里出来迎接我们，其中有一位是老人。他们帮我们牵骡子，帮我们脱去了外衣，然后请我们进屋。我还从来没有受到过如此热情的接待。这两位中国人很好客，他们的生活看起来是那么的安静祥和，因此我决定在这里停下来休息一天。傍晚，我坐在火盆边，喝着热茶，吃着咸油饼，向老人打听着往北走的路。

法图河从左侧，距离河口一天路程的地方注入萨哈姆别河，这条河与海岸线平行，自北向东流淌，一条平均高度为 600 米的山脉将法图河与其他直接流入大海的河流分隔开来。这条山脉中有两座相对较高的山峰，分别是高 1825 俄尺的“满载而归山”和高 1835 俄尺的“食堂山”。下一条发源于锡霍特 – 阿林山脉的大河是比利姆别河，这条河在热列兹尼亚克山附近，即商涅茨角南部流入大海。

我计划派一部分人带着骡子走海岸边的小路，我与张宝、德尔苏则带着三个步兵沿着阿吉米尔河逆行到达它的源头处，然后沿着比利姆别河行进，到达锡霍特 – 阿林山脉，登顶后再下山返回海边。

8 月 4 日一大早我们准备出发。两位中国人直到确认我们都真的吃饱喝足之后，才放心地让我们离开，他们还给我们准备了很多路上吃的东西。我原本想把寄宿时吃喝用度的钱付给他们，但他们坚决不收。于是我把钱放在了桌子上，他们却悄悄地把钱交给了步兵们。我只好把钱偷偷地压在饭碗下，但还是被主人发现了，当我们正要往外走的时候，主人们把钱扔在了骡子的脚下，我只好把钱收了回来。

阿吉米尔河的上游由两条小溪汇集而成。离种田的中国人住的房子大约 5 俄里的地方，有一个带围栏的房子，里面住着三位中国人，他们是猎人，用陷阱捕鹿。

阿吉米尔河谷地生长的阔叶林适合做烧柴，也适合用来做小的手工艺品。山里森林火灾的遗迹随处可见。小溪边和垄岗上生长着茂密的绣线菊、榛子树和胡枝子等灌木。山深处还有少量的雪松和冷杉。河两岸遍布的乱石和河道上堆积的倒木都表明，此处虽然没有大的洪水，但在雨季的时候，湍急的河水会严重地冲毁河岸。

因为我们从东大洼子出发的时间有点晚了，所以只好一直赶路，直到黄昏时分才到达阿吉米尔河的河源地区，然后在通往法塔河的山口附近找了一个地方宿营。天气阴沉，雾蒙蒙的，又闷又热。我担心会下雨，就去问德尔苏天气是否会有变化，德尔苏给我的回答是："现在是连雾自己都不知道，它是会变成乌云还是会散去。"这是德尔苏特有的语言，他又把雾给拟人化了，仿佛雾正在琢磨，它是应该马上化作雨，还是再稍等一会儿。

晚上七点左右，雾气忽然开始快速上升，几乎是同时就掉起了雨点。大约十五分钟后，雨停了，雾也散了，天空出现了星星。

第二天一大早我们就起来了，喝完茶后开始登吉格罗瓦雅山[1]，该山的高度是 1957 俄尺，山上都是碎石。

值得一提的是，岩堆在滨海地区比在锡霍特－阿林山脉西部更常见。这里既有一米见方的大碎石组成的岩堆，也有马头大小的中等碎石组成的岩堆，还有人头大小的小碎石组成的岩堆。多数情况下碎石的棱角分明，堆积得也比较牢固，人可以在上面自由行走，就像走在台阶上一样。时代久远的岩堆表面已经长出了厚厚的植被，当然，还有很多岩堆表面只长出了地衣，这样的岩堆多数是在山顶上，远看就像是一些灰色斑点。有时候一座山的大部分都是这样的灰色岩堆，因此从远处看，有植被的岩堆就像是一个个绿色的斑点。

这些岩堆是怎么形成的呢？是由破碎的悬崖堆积而成的。漫长的岁月中，一次次地震波的冲击使山岩先是出现裂痕，然后裂痕慢慢扩大，在重力的作用下，岩石碎块逐渐坠落，原来的悬崖就慢慢地变成了岩堆。碎石会一直向下滚动，遇到障碍物才会停下来。

人走在长了青苔的碎石上是非常吃力的：脚下一会儿是石头棱，一会儿是石头面，一不小心还会踩进石头缝里去。下层的岩堆已经被土壤覆盖，长着茂密的植被，越往上走，植被越少，终于只剩下怪石嶙峋。

炎热的夏季，窄叶杜香会分泌大量的杜香油，对此物过敏的人甚至会休克。窄叶杜香之后，岩堆上出现的植被是苔藓，然后是

1 俄语意为“老虎”。——译者注

地衣。人在岩堆上走不算很难，但骡子就不行了，所以骡队要多走很多路，绕过岩堆。

登顶之后，我们沿着山脊向北行进了一段。现在我们的左边是法塔河谷地，右边是几条流入大海的小河。

下午四点左右下起了雨，我们决定下山，到了山下之后，就在最近的一条小溪附近找了地方宿营。

步兵们把驮包从骡子身上卸下来，我和德尔苏去周围探察，我沿着小溪往上走，德尔苏则沿着水流的方向往下走。

森林里的一场雨等于森林外的两场雨。最细微的触动，都会让树叶上的雨水落到人的身上。胡枝子的叶片上会存很多雨水，片刻之后，我就被树叶上落下的雨水浇透了，就像刚从河里上岸一样。

于是我打算往回走，忽然，我看到了一个奇怪的动物正从树上往下爬。我举枪瞄准并开枪。打中了，猎物掉到了地上，不断地挣扎着。我又开了一枪，它就不动了。走上前去，发现打死的是一只丛林野猫，中国人管它叫“野狸子”。这种野猫的体型特别大，开始我误以为它是猞猁，仔细看了看，发现它的耳朵上并没有猞猁标志性的那撮毛，而且这家伙还长着一条大尾巴，于是我确信这是只野猫。它身体的长度超过了一米（足足有 3.7 俄尺），毛色灰中透着苍黄，有隐约可见的斑点，肚皮和腿内侧的毛是白色的，尾巴比家猫的短，也没有家猫尾巴上常有的深色环状花纹。和家猫相比，除了身形硕大，野猫还有其他的特征：野猫的牙齿更锋利强健，胡须更长，皮毛也更浓密。

野猫是独居动物，一般生活在有山岩和中空树的茂林中，它们生性谨慎，胆子很小，在自卫时能爆发出很强的攻击力。

猎人们曾经尝试过驯服野猫的幼崽，但总是徒劳无功。乌德盖人常说，即使是刚出生的野猫幼崽，也没有人能成功地驯服它。

没有人会特意捕猎野猫，打到它都是纯属偶然。当地的中国人会用野猫的皮毛做棉大衣领子，也会用它做帽子。

野猫在乌苏里边疆区分布广泛，符拉迪沃斯托克附近的俄罗斯岛上，野猫也特别多。

就这样，我带着战利品回到了宿营地。那里已经一切就绪了，帐篷搭好了，篝火点上了，晚饭也煮上了。很快，德尔苏也回来了。他说他看见了几处新鲜的老虎脚印，有一处离我们的宿营地不远。

晚上八点左右，雨停了，但天依旧是阴沉沉的。半夜的时候，德尔苏主动表示要守夜。他套上了软底毛靴，拨好篝火，然后背对着篝火，面朝森林喊叫了起来。

“你这是朝谁喊呢？你和什么人说话啊？”步兵们不解地问德尔苏。

“老虎，”德尔苏回答道，然后接着说，“我告诉老虎，宿营地里，有很多兵，兵会打你，但这可不是我的错。”

说完，他又开始拉着长音，大声地喊着：“啊——塔——塔——啊依，啊——塔——塔——啊依——”德尔苏的喊声引来了回声，仿佛是有人在森林里不断地喊着，用不同的声音重复着最后一个音节“啊依”。喊声越传越远，渐渐消失在远方。

忽然，一阵巨大的嗡嗡声包围住我们。不知道什么东西打到了我的脸上，特别疼。同时，我也感到脖子上有个异物。我立刻抬手去抓，抓住了一个坚硬的、扎人的东西，然后我惊恐万状地把它甩到了地上。原来是一只特大号的甲虫，有点像锹形甲，但是没有角。我甩了一下手，抖掉了另一只甲虫，但忽然发现我的衬衫上还有一只甲虫。我从被子里一跃而起，跑到一边去。到处都是甲虫，被子里，制服里，甚至还钻进了背包里。德尔苏站在旁边，说道：

“这些家伙，”德尔苏指着甲虫说道，“我以前这么多的没见过，每年也就能找到一两只，现在怎么这么多呢？”

我抓住了一只甲虫，后来才知道这是一种非常罕见的甲虫，它们从第三纪时期就生活在乌苏里地区。甲虫的身体呈褐色，背部有绒毛，上颚强壮，向上弯曲，很像天牛，只是触角比天牛稍短。我抓到的这只甲虫身长足有 9.5 厘米，胸腹处有 3 厘米宽，在头的两侧长有黑色的三角形复眼。

我们花了好长时间和这些甲虫作战，一直到后半夜才休息。

VI. 遭遇洪水

第二天，我们继续北上，上午十点左右抵达2023俄尺高的欧斯特拉亚山。在仔细观察周围环境，确定了能通往比利姆别河的泉眼之后，我们就下了山。

好多天没见到太阳了。一天一直是阴沉沉的，时不时还会下上一阵毛毛雨，远山也都隐于氤氲的迷雾之中。天上乌云密布，只有东方地平线处乌云的金边给人带来一丝希望，期许着天也许就要放晴了。

喂过骡子后，我们就沿着比利姆别河上行。比利姆别河附近人烟稀少，唯一的建筑物离河口有10俄里，是乌德盖人拉伊古家的房子。河的上游也有几处中国猎人建的小屋。冬天，他们从萨哈姆别河来这里捕貂的时候会住在小屋里。

这一天我们走了30俄里，离锡霍特－阿林山脉还有30俄里。

比利姆别河流域可以称得上是植物的王国。两岸茂密的森林形成了天然走廊，河水就在这走廊中流过，有些地方，交错纠缠的枝叶构成了一座座漂亮别致的拱门。

下午四点左右，我们找地方准备安营，选择了河湾处的一个缓坡，对面的河岸很陡。步兵们开始搭帐篷，德尔苏拿着锅去打水。

很快，德尔苏就回来了，脸色非常难看。

“出什么事了？”我问德尔苏。

“我的感觉，这地方选得不好。”德尔苏答道，“我去河边打水，河里的鱼在那骂人呢！”

“鱼在骂人？鱼怎么骂人？”步兵们又吃惊又好笑。

“你们有什么好笑的？”德尔苏有点生气了，“一会儿你们就该哭了。”

后来我终于明白是怎么回事了。原来德尔苏刚准备把锅放到河里舀水，一条鱼就从水里露出了头。这条鱼看着德尔苏，嘴一张一合的。

“鱼也是人，鱼也能说话，只是鱼说话的声音太小了，我们不能听懂它的话。”讲完事情的经过后，德尔苏这样说道。

德尔苏刚把茶壶挂到篝火上，一块用来架篝火的石头就突然炸开了。篝火塌了，燃烧的木炭块向四处飞去，就像枪膛里射出的子弹一样。一块炭打中了德尔苏的膝盖。

“呸，呸！”德尔苏火冒三丈地骂道，“我早就说了，这地方选得倒霉。”

看到德尔苏这样，步兵们又笑了起来。

吃过晚饭后，我带着枪去附近走走。走出距宿营地大约半俄里后，我坐到一棵倒木上。周围一片寂静。高处浅滩上的河水在潺潺地流淌着，对岸高大的云杉仿佛是站岗放哨的巨人，表情严肃得就像是在守护着一个万万不能告人的秘密一样。

夏日雨后，地面上的水汽不断地升腾成雾，雾越来越浓，很快笼罩住了河面。一丝微风吹过，透过雾气，我看见了对岸的轮廓，还有针叶林的剪影。

忽然，我看见雾中有一个笨重庞大的东西正顺着河水，缓慢又无声地朝我所在的方向移动着。我吓呆了，心脏都骤然一缩。可是让我非常意外的是，这个黑色的大东西忽然停住了，然后开始往回走，几分钟之后，它就神奇地消失了，和它的出现一样，令人匪夷所思。我都不知道，它是野兽，还是河水中的浮木。黄昏、幽暗的森林、浓雾，还有周围死一般的寂静营造出了一种难以言表的恐怖、哀伤的氛围。我忽然就害怕了，于是站起身，匆匆地往回走，大约十分钟后，我回到了宿营地附近。

宿营地里，篝火周围人影动来动去，看着很像被拉长的鬼影，忽起忽落。我问扎哈罗夫看没看到河水里有东西飘过去，他说没有。于是我就对他讲了我看到的那个不明物体，并对他说，我看到的也许是雾气造成的错觉。

“这倒霉的地方。”听到德尔苏的声音，我转过身，看到了坐在篝火边摇晃着脑袋的德尔苏。

“必须要把它撵走。”德尔苏边说边拿起了斧子。

“你要把谁撵走？”我问道。

“鬼。”德尔苏一脸严肃地说道。

随后德尔苏就去树林里砍了一些新鲜的杉树枝、山杨枝、丁香枝，总之，就是烧起来会噼啪作响的各种树枝。德尔苏把这些树枝架在一起，然后点着了火。火苗向上窜起，千万点火星在空气中绽放。当树枝表面都烧着了后，德尔苏把它们从篝火里抽出来，边喊着什么，边把燃烧的树枝向四周扔去。步兵们看到这一幕后，都开心地跑过来帮德尔苏。他们摇动着燃烧的树枝，然后扔向空中。这些树枝像旋转的烟花一样绽放，简直是美极了。有两个燃烧的树枝落到了河水里，火苗熄灭了，但烟久久不散。终于，所有的树枝都被扔了出去，四散在林中，然后一个接一个地慢慢熄灭了。

然后我们开始喝茶，再后来就准备睡觉了。我本来还想看一会儿书，但实在太困了，不知不觉就睡着了。

这一觉仿佛睡了好久，直到忽然感到有人在晃我的肩膀，嘴里喊着："快起来！"

"出什么事了？"我睁开眼睛问道。

周围一片漆黑，浓雾像棉被一样盖住了整个森林，下着毛毛雨。

"有个野兽从河对岸跳到了水里。"守夜的步兵惊恐万状地回答道。

我一跃而起，抓起了枪。随后我就听到，有什么东西真的从水里上岸了，正用力地抖着身上的水。

这时，德尔苏和张宝也来了。我们背对火堆站着，努力想看清楚河边的情况。但雾实在是太浓了，夜也黑，连两步之内的东西都看不见。

"它在走。"德尔苏轻声说。

的确，有个东西正轻手轻脚地在鹅卵石上走着。片刻后，我们听到这家伙又抖动了一下身体。它应该是听到我们的声音之后站住了。我朝骡子的方向看了看，骡子们挤在一起，耳朵都竖了起来，也在朝河的方向看呢。狗也表现出了不安的样子。阿尔巴缩在帐篷的一角，全身发抖，树怪夹着尾巴，耳朵向后背着，胆怯地四处看。鹅卵石被踩动的声音又响了起来，我下令把大家都叫醒，然后就开了一枪。枪声划破寂静，回声在森林里回荡着并传向远方。接着我们就听到了鹅卵石被快速踩踏的声响，还有河水溅起的水花声。狗被吓得跳了起来，汪汪地叫着。

“是什么东西？”我问德尔苏，“是马鹿吗？”

德尔苏摇了摇脑袋。

“会是黑熊吗？”

“也不是。”德尔苏回答道。

“那到底是什么呢？”我忍不住追问道。

“我也不知道，”德尔苏说道，‘等天亮，我看看它的脚印，才能知道。”

出了这事之后，大家都睡不着了。大伙都在纷纷猜测，究竟会是什么东西，然后又去找德尔苏，把自己的猜测告诉他。德尔苏解释说这绝对不是马鹿，因为这个东西踩鹅卵石的力度比马鹿大，也肯定不是黑熊，因为黑熊会呼哧呼哧地喘气。

我们又坐了一会儿，然后大伙都打起了盹儿。我和张宝守夜，半小时后，大伙都睡熟了，仿佛什么事都没发生过一样。

终于，天要亮了。雾也变成了灰蓝色。树上还有草上都挂着露水。阴郁的森林还在沉睡，连河水仿佛也睡着了。于是，我也钻进了自己的蚊帐里，沉沉地睡去。

醒来的时候已是早上八点，正在下着毛毛细雨。德尔苏已经去察看过了，但是什么痕迹都没有找到。夜闯宿营地的那只野兽，在枪响之后就跑回河对岸去了。要是岸边是沙滩，就能发现它的脚印了。而现在，我们只能猜测。如果不是驼鹿，不是马鹿，也不是熊，那么有可能就是老虎。

但德尔苏对此有自己的想法。

"鱼说话，炭砸到了我，上尉你在雾里还看到了怪物，夜里又这样，有东西来。我的想法是，这地方有鬼。以后我再也不想在这里睡。"德尔苏说道。

上午九点左右，我们收起了东西，然后沿着比利姆别河继续向上走。天气一点好转的迹象也没有，又冷又潮湿。树木仿佛在哭泣，大滴的水珠不断地从树枝上掉落，连树干也是湿漉漉的。

河谷越来越窄。我们在路上遇到了几处空房子。我在空房子里发现了一些痕迹，我能发现的，其他人也一样能发现。可是德尔苏就不一样了，他发现了一些我用眼睛看不到的东西。比如，他在房子里发现了一块皮毛，仔细观察过后，德尔苏告诉我，这个猎人的刀是钝的，而且在切割皮毛的时候，他用牙齿咬住了皮毛的一边。看完被猎人丢弃的松鼠皮，德尔苏告诉我，松鼠被圆木压过。第三处空房子里，德尔苏发现这里曾经有过很多老鼠，房子主人灭鼠的方式比较残忍。

我们在最后一座空房子里停留了一会儿就继续赶路了，并在中午前到达了比利姆别河的上游。

离锡霍特－阿林山脉越来越近，森林也愈发地浓密起来，林中的倒木也更多了。

比利姆别河在上游地区分成了两条支流。沿右侧的水路走可以到达伊曼河的支流，左侧则通往阿尔玛河。我们沿右侧的支流走，很快就来到了锡霍特－阿林山脉的脚下。

锡霍特－阿林山脉面朝大海这一侧的山坡相当陡峭，山脊都是光秃秃的石头。登顶之后，我想停下来观察周围的环境，但雾实在太大，什么都看不到。停了一会儿，让骡子稍做休息后，我们就继续赶路了。

过了分水岭，我们在遇到的第一条小溪边安营。

傍晚时分，天气仍然没有变化。白蒙蒙的浓雾遮盖着大地。浓雾伴着毛毛细雨。这样的天气走在森林里就像走在雨里一样。肩膀无意间触碰到任何一棵树，都会有无数的水滴落下来，用不了半小时，就会让人全身湿透。

吃过晚饭，擦好枪支，步兵们立刻躺下睡觉了。我原本想画一下图，但一直不顺。于是我用斗篷裹住身体，在火堆旁躺下，然后马上就睡着了。

第二天，我们考察了锡霍特－阿林山脉的西坡。这一侧没有真正意义上的山间溪流。水无声地渗进苔藓的下面，小溪都静静地流淌着，平缓的岸边长着云杉、冷杉、落叶松和赤杨。

我想翻越锡霍特－阿林山脉前往古鲁姆别河，但德尔苏和张宝建议我不要去。他们告诉我很快就要下大暴雨了，所以要留在山上，说完，还让我抬头看看天空。于是我看到，雾气正在上升，而且天空也出现了雨云。德尔苏和张宝还告诉我，在没有风的情况下，雾气突然向上升，而且回声现象也逐渐消失，那就预示着要有大雨。的确，这些天大地一直都躲在雾里，像是在逃避着什么，但此时雾正在往空中升腾，仿佛它已经下定决心要背叛大地，不再保护大地，让大地独自面对即将来临的天灾。

张宝建议我们无论如何都要在暴雨来临前赶到有房子的地方。他的建议非常合理，于是我们就按原路返回了。早晨的时候，山口地区还白雾迷蒙，而现在已经是乌云压顶了。德尔苏和张宝走在队伍的前面。他们隔一会儿就抬头看看天，然后再交头接耳地说着什么。我知道，德尔苏的判断一般不会出错，如果连他都感到不安，那么就说明情况真的不妙。

大约下午四点的时候，我们赶到了第一个房子所在的位置。这时，突然又起雾了，雾气非常浓，甚至给人一种错觉，要用上几分力气才能穿过它。德尔苏向空中开了一枪，回声非常响亮。我学过的气象知识已经解释不了这种现象了，于是我就向德尔苏请教，这让德尔苏得意极了。他告诉我，如果再次起雾，而且回声响亮，那就意味着这场暴雨会推迟，现在看来，至少在天亮前是不会下雨的。也就是说，我们可以继续赶路了。于是我们加快了行进的速度，终于在黄昏前赶到了第二个房子所在的位置，第二个房子比第一个舒服，也更大。

几分钟后，步兵们就把房子打扫好了。我们把房子主人散放的东西都规整到墙角，扫了地，点着了炉子。不知道是因为雾气潮湿，还是因为长久没有点火，烟囱里一点吸力都没有，弄得满屋都是烟。于是只好先把炭烧红再放到炉子旦，直到天黑，烟囱才好用了，炕也烧热乎了。步兵们在屋外升起了一个大火堆，煮上了茶，彼此说笑着。德尔苏和张宝坐在另一个火堆边，默默地抽着烟。在和他们两位商量之后，我决定，如果明天不下大雨，我们就继续赶路，无论如何都要快点从这山谷中走出去，否则万一河水上涨，我们就只能绕个大远路，去翻越那几座被乌德盖人称为“鬼生活的地方”的小火山。

一夜无话。

第二天，天还没亮张宝就把我们都叫起来了。张宝有个本领，他不用看表就能准确地知道时间。我们匆忙喝了点茶，没等到太阳升起就出发了。按说这个点，太阳早就已经升起来了，但天空依旧灰蒙蒙、阴沉沉的。山间弥漫的不知道是雾还是霾。很快就开始稀稀落落地掉雨点，然后雨渐渐大了，有雨声还有风声。

“开始了。”德尔苏用手指了指天空说道。

透过被风吹开的迷雾，能看到云上的乌云翻滚着朝西北方向快速移动。很快，我们就被雨水浇得全身湿透，这也有个好处——下多大的雨我们都无所谓了。为了抄近路，我们没有选择绕过悬崖峭壁，而是下到了河里，在浅滩上蹚水走。大家都情绪高涨，步兵们笑着，拉拉扯扯地在水里走着。终于，在下午三点的时候，我们走出了峡谷，可以说是离开了险境。

在树林里走的时候，我们根本不怕风。但每次走出树林，走到河边的时候，风就会把我们吹得瑟瑟发抖。下午五点，我们终于抵达了第四个房子所在的位置。这座房子建在一条小河的左岸。蹚水过河后，我们准备在这里过夜。把驮包从骡子身上卸下来之后，步兵们就开始砍柴、收拾房子。

到过原始森林的人都知道，恶劣的天气里，如果能在森林里发现一处猎人搭建的房子，该有多么幸福。首先，有房子就不用准备大量的柴火；其次，房子里再怎么说也比露天搭帐篷要干爽、暖和。

步兵们在忙碌着，我和张宝登上了离房子最近的那座小火山。站在山顶上，比利姆别河谷地的情况一览无遗。

大风驱赶着海面上的雾。大团大团的雾像巨浪一样在地面上翻滚着，然后与山里的雨云交杂纠缠在一起。

黄昏的时候，我们下山回到了宿营地。房子里已经生起了火，我躺在炕上，但一直睡不着。雨抽打着窗，抽打着房顶上盖着的树皮。狂风怒吼，让人分不清外面是雨声还是树木颤抖的呻吟声，整夜风疾雨骤。

8 月 10 日清晨，我被巨大的噪声惊醒，我想该出去看看外面出了什么事。大雨倾盆，房子被风吹得摇摇欲坠。

我快速地穿好衣服，来到了外面。外面的场景太可怕了，雨、雾和乌云交织在一起。高大的云杉被吹得左右摇摆，发出巨响，仿佛在抱怨着时运不济。

我看到了德尔苏。他在河边来回走着，观察着河水。

“你在干什么？”我问道。

“我在看石头，水涨了。”德尔苏回答道，然后开始骂房子的主人，骂他为什么把房子建在离河这么近的地方。

这时我才注意到，这座房子建在了河岸边的洼地上，一旦有洪水，立刻就会被淹没。

中午的时候，我看到德尔苏和张宝两个人在商量着什么，然后他们就往树林的方向走了。我穿好雨衣，跟了上去。在昨天那座小火山附近，我看到了他们，德尔苏和张宝在堆木柴。这让我非常不解，他们为什么把柴火堆在离房子这么远的地方呢？我决定不打扰他们，独自爬上了山顶，想看一看比利姆别河谷地的情况。但除了雨和雾，什么都看不到。“天漏了”这个词语太适合此刻的场景了。雨幕像波浪一样移动着穿过森林，越下越疾，越下越大，每次短暂的停歇都似乎是要让雨下得更猛烈。

我回到房子里的时候，全身湿透，牙齿打战。我派一个步兵去帮德尔苏把烧柴搬回来。过了一会儿，步兵回来报告说德尔苏和张宝不让他往回搬。我知道德尔苏这样做一定是事出有因，所以就带着步兵们到河上游去捡柴火。

大约过了两个小时，德尔苏和张宝回来了。他俩全身湿透，进屋之后立刻脱掉了衣服，放在火边烘烤。

黄昏前，我又去了一次河边看涨水的情况。河水涨得不快，也许明天早上之前不会有冲出河道的危险。但以防万一，我还是命令大家把所有物品都收拾好，并把骡子套好。德尔苏非常赞成我的做法。天黑以后，雨下得更大了，真的让人感到很恐惧。

忽然，房子里有一瞬间亮如白昼。一道闪电划过，然后是震耳欲聋的雷声。骡子不安地想要挣脱缰绳，狗也开始狂叫。

此时的场景简直就是《圣经》故事“灭世洪水”的真实再现。德尔苏没有睡觉，他躺在炕上，仔细地听着外面的情况。张宝坐在门边，时不时地和德尔苏交流一下。我开口要说话，但张宝示意我不要出声。于是，我屏住呼吸，也开始听外面的声音。我听到了墙外微弱的流水声。德尔苏从炕上一跃而起，飞快地跑了出去。过一会儿，他回来说要马上叫醒大家，因为河水已经冲出了河道，正往这边流。步兵们快速起来，赶紧穿衣服，有两个人慌忙中穿错了鞋子，把大家都逗笑了。

“笑什么，马上哭都来不及了！”德尔苏生气地喊道。

我们穿鞋的工夫，洪水进屋了，灌进了炉子里，炉子里的炭很快被淹灭了。张宝点着了松明，我们借着火光收拾寝具，然后去牵骡子。洪水已经到骡子腿的位置了，牲口们惊恐地四处看着。借着点燃的树皮和松明的光，我们赶紧把驮包都放到骡子身上，再晚一点就麻烦了。洪水已经在房子后面冲出了一道沟，但凡我们动作稍慢一点，就出不去了。德尔苏和张宝没在身边，我承认，我非常害怕。我命令大家集中，彼此照应着，并朝我白天去过的小火山那个方向走。刚转过房角，就陷入一片黑暗，风雨迎面打了过来。

雨水打在脸上，让人睁不开眼睛。周围伸手不见五指。黑暗中，树木、山、河里的水、天上下着的雨仿佛都被狂风卷在一起，形成了极速涌动的洪流。

步兵们慌乱了起来。

就在这时，我看到前方有一点火光，我猜到这是德尔苏和张宝弄的。房子后面已经出现了一道深沟。我命令步兵们牵着骡子逆着水流的方向走。离发出火光的地方不超过一百五十步，但这段距离我们却走了好长时间。黑暗中，我们曾撞上了倒木，还走进过灌木丛，后来又踩进了水里。洪水飞快地在山谷里向下流淌着，看样子，到了早上，整个森林就会都被洪水淹没。终于，我们走到了那座小火山前。

这时我才明白，德尔苏和张宝是多么有先见之明，我也终于明白，他俩白天为什么要捡柴火。用横杆架住两块松树皮，利用这个简易的防雨装置，德尔苏和张宝点着了篝火。

我们立刻开始搭帐篷。高耸的山崖可以为我们挡风。觉是睡不成了，我们坐在篝火边烤了好长时间，天气越来越坏，河水的咆哮声也越来越大。

终于，天亮了。环顾四周，我们根本找不到房子原来所在的位置了，它已经消失得无影无踪。整个森林都泡在水里。水已经接近我们的宿营地了，我们应该挪到更高点的地方了。不用多说，大家都知道现在应该做什么。一些人开始挪帐篷，另一些人去砍松枝，用它铺在潮湿的地上。德尔苏和张宝又去打柴了。搬宿营地和储备柴火用了一个半小时。这时，雨好像小了一点。但这只是更大的风雨来临前的片刻宁静。很快又起雾了，浓雾快速地向空中升腾，随后暴雨又从天而降。

这样的大暴雨，我无论是在从前还是在后来，都没见到过。雨幕像墙一样遮住了附近的山和森林。我们都挤进了帐篷里。

忽然，传来一阵惊叫声。危险总是在我们预计不到的地方出现。我们所在的山谷暴发了山洪。幸运的是，山谷的另一侧比较低，所以水都流到了那里并很快在那里冲刷出了一个深沟。我和张宝护着火，防止它被雨浇灭，德尔苏和步兵们与洪水作战。谁都没有想过要把衣服烤干，能烤火暖和一下就已经很好了。

偶尔，透过雾气能见到乌云密布的天空。乌云被风吹着，向西南方向移动着。

“不妙，这雨一时半会停不了。”德尔苏说道。

德尔苏说，上一次遇到这样的台风天气还是在 1895 年。他在阿努钦山附近的大乌比河赶上了洪水。那次他用小船救了一个神父、一个邮差、两个带孩子的士兵，还有四个中国人。两天一夜的时间里，德尔苏划着小船把爬到屋顶上或树上的人救下来。把人救完之后，没等洪水完全消退，德尔苏就离开了阿努钦村。后来大家想感谢德尔苏，但怎么都找不到他。

黄昏前，我们又跑出去打了一次夜里烧的柴。

8 月 12 日，黎明时分，刮起了猛烈的东北风，但风很快就停了。

雨还是下个不停。所有人都已经精疲力竭，累得几乎站不住了。隔一会儿就要固定好帐篷，防止它被风掀翻了，还要遮住篝火，不让雨把火浇灭了，还要不断地添柴。峡谷里的洪水也给我们制造了不少的麻烦。水时不时地就冲到了帐篷附近，所以要不停地筑坝，把水引走。

木柴湿透了，不好烧，冒了很多烟。睡眠不足再加上烟熏，我们的眼睛都很疼，就像进了沙子一样。狗也耷拉着脑袋，可怜巴巴地趴在山岩下。

情况非常吓人。奔流的洪水让人感到眼晕，仿佛河岸也在和洪水一起奔跑。整条山谷，山与山之间都是洪水。只有凭借水流奔腾的方向才能判断出哪里是河床。水面上漂着大大小小的垃圾和倒木，仿佛正借着洪水的力量逃离山里发生的惨祸。林中巨大的倒木，也被洪水冲到了河里，夹裹着大块的泥土，泥土上还长着小树，瞬间就被洪水带往远处。水像暴怒的野兽一样击打着河岸，在河谷里奔腾跳跃，遇到阻碍，就会激起厚厚的土黄色泡沫。水面上翻涌着气泡，在风里破碎，然后再生。

又一天过去了。晚上雨下得更大了，风也更疾了。这一夜我们是在半睡半醒的状态下度过的。一个人起来，另一些人就倒下。老天爷仿佛是想要让我们感受一下，在与自然灾害作斗争的过程中，人可以被折磨到何种软弱无能的程度。

第四个暴风骤雨的夜晚就这样过去了。

第五天的黎明和前一天一样，依旧无法分辨是哪里来的喧嚣声：是风声，雨声，还是洪水奔流声。早上九点左右，风向变了，刮起了东南风。步兵们挤在帐篷里，身上盖着制服，躺着一动不动。火堆边只剩下了德尔苏和张宝两个人，看得出来，他们也累了。我感觉自己已经崩溃了，既不想吃东西，也不想喝水，也不想睡觉，只想一动不动地躺着。快到中午的时候，天仿佛亮了一点，但雨还没有变小。

忽然间刮起了一阵阵短暂但却强劲的旋风。每阵风过后，都会平静一会儿。间隔越来越长，风的力度也一阵强似一阵。

“有盼头了。”德尔苏说道。

德尔苏的话让大家精神一振。所有人都恢复了活力，都站起了身。大雨变成了阵雨，忽骤忽疏。看来天气有希望好转。

黄昏时分，雨开始慢慢变小，傍晚的时候，终于彻底停了。天空也一点点清明起来，有的地方甚至能看到星星。

我们无比喜悦地烤干了衣物，美美地喝足了茶，然后躺在干爽的草上，现在可以彻底地休息一下了。

VII. 返回海边

第二天我们醒来得很晚。透过乌云的缝隙，能看见躲在后面的太阳，它藏起了自己的脸庞，仿佛不愿意看到台风留给大地的满目疮痍。浑浊的洪水咆哮着从山上奔流而下，湿漉漉的树叶和草闪着光，仿佛上了一层清漆，水滴折射出七彩的光。大自然正一点点地恢复活力。乌云堆在东方，看来暴雨已经转移到日本海沿岸或萨哈林岛南部的区域了。

我们一整天都待在宿营地休息，晾晒物品。人很容易好了伤疤忘了疼，步兵们又开始互相玩笑打闹了。

火红的晚霞挂在天边，天黑得特别晚。我们早早地就躺下睡觉了，不仅是需要补觉，也是为了后面的行程积蓄力量。

8 月 15 日，天刚亮大家就起床了。东方地平线的位置还有一条乌云。我估计 A.I. 梅尔兹利亚科夫带领的考察分队也不可能走太远，他们在比利姆别河的某处应该也遇到了洪水。为了能与 A.I. 梅尔兹利亚科夫带的队伍会合，我们应该到河右岸去，而且应该尽快渡河，因为越往下游走，水量就会越大，渡河也自然就越困难。

为了完成渡河计划，我们先是沿着谷地的边缘向下走，但是很快就不得不停了下来，因为河水已经漫到了山脚下，洪水挟带的大量倒木堆积在此处，根本就过不去了。对面，能看到一个小山包露在水面上，需要探察一下这个位置的情况。张宝第一个走了过去，他手里拿着一根棍子，在齐腰深的水中边走边试探岸边水的深度。探察的结果表明，比利姆别河在这里分成了两条支流，两条支流的间距有 15 俄丈，第二条支流比第一条宽，也比第一条深，用棍子探不到河底，第二条支流的河面上也没有漂浮木。张宝和德尔苏开始砍一棵大杨树，准备搭桥，步兵们也拿着横锯一起干了起来。水没过了膝盖，但大家都非常卖力。大约十五分钟后，大树轰隆一声倒进了水里。树根一开始被河水冲着向下游的方向移动，但很快被什么东西拦住了。我们就从这座简易的桥上渡过了第二条支流。过河之后，还需要穿越 25 俄丈宽、被洪水淹没的树林。确认不存在其他的支流之后，我们就原路返回了。

人过河已经没有问题了，我们的物品和骡子的鞍具也能运过去，但是骡子们怎么过河呢？如果让它们自己涉水，没等它们走到对岸，肯定就会被水流冲到倒木堆里去了。最后我们想办法用绳子帮骡子们过了河。

黄昏时分，我们终于来到谷地右侧的山下。驮物品的骡子累坏了，人比牲口还累。不仅累，而且冷，好久都缓不过来。不过好在最重要的任务已经完成了，我们已经渡过了比利姆别河。

天黑的时候，又开始下小雨，小雨淅淅沥沥下了一夜。

渡河的地方离大海还有 40 俄里，这段路我们走了两天。

近海的地方，森林变得稀疏起来，树种也比较单一，有白桦树、落叶松、枫树、椴树，还有只能当烧柴用的橡树。

好天气持续的时间不长。8 月 16 日晚上又开始起雾，然后又下雨了，淅淅沥沥地下了一夜和第二天的一整天。我们在齐膝深的水里走了一天，终于，天黑了，今天还能走到比利姆别河河口吗？就在我几乎要失去信心的时候，忽然听到了海浪声。原来，在雾里，我们已经不知不觉地走到了海岸边。

我本想向左走，但德尔苏建议往右走，因为他发现沙滩上有人的脚印。这些脚印表明他们是从沙基拉河往比利姆别河的方向走的，然后又返回原来的方向了。所以，德尔苏判断，A.I. 梅尔兹利亚科夫带的分队的宿营地应该在右侧。

听他这样说，我就拔出枪，朝空中开了两枪。果然，从沙基拉河的方向立刻传来了回应。几分钟后，我们和 A.I. 梅尔兹利亚科夫他们会合了。

晚上，大家坐在篝火边，互相问着都遇到了什么事，看到了什么，聊了好久。

人真的是一种很神奇的动物，这个宿营地和以往的宿营地没有任何区别，一样的露天地，帐篷前的篝火也是一样的，周围也是一样的潮湿，但不知道为什么，大家都有一种到家了的感觉。

晚上九点左右，又下了一阵大雨，雨后雾立刻就散了。我们看到了布满星斗的美丽夜空，还有天空上宽宽的银河。天空，还有映着星光的漆黑的海面，在我们的眼中是那么的幽远，无边又无际。

夜里很冷。步兵们隔一会儿就会起来到篝火边烤烤火。凌晨的时候温度计显示气温只有 7 摄氏度。太阳出来后，天气暖和了一点，大家又睡着了，再醒来的时候已经快早上九点了。

水位下降之前，我们是无法渡过比利姆别河的，但祸福相依，不能渡河也有好处，因为人需要休息，骡子也累坏了，衣服、鞋子也该修补了，鞍具需要调整，枪支需要校正，而且储备的食物也不多了。因此，我派人去打猎，然后又派两个步兵去阿基米尔河，找住在那里的中国人买食物。

接到任务的两个步兵准备启程，而我打算去比利姆别河的河边，想看看水位下降了多少。我还没走出一百步就被喊住了。我往回走，然后就看见有两位中国人牵着驮了东西的马在朝宿营地走去。这两个人是东大洼子的工人，也就是我派人去买食物的那个地方。这两个人对我说，他们的老板知道我们现在无法渡过比利姆别河，因此派他们给我们送来了 4 包小米，20 磅猪油，1 普特[1]大米，10 磅大豆油，10 磅白糖，还有一块砖茶。他们还说，老板让他们不能收我们的钱。中国人的善意让我非常感动，我想给他们一点小礼物，但他们不肯收。

这两位中国人留在我们的宿营地过了夜。我们从他们的口中得知，渊子河发了特大洪水，而且淹死了几个人。撒哈姆别河的洪水冲垮了几处房子，万幸的是人都没事，但是损失了不少马匹和其他大牲畜。

---

1 普特，俄罗斯重量单位，1 普特约等于 16.38 千克。——译者注

第二天，两位中国人准备返回，他们临走前对我们说，如果吃的东西不够，一定要派人去找他们，不要不好意思。

8 月 19 日和 20 日，我们原地休整。步兵们轮流去打猎，他们打到了一只狍子、两头野猪。德尔苏打到了一头马鹿，他把马鹿的骨髓取出来，然后在火上熬成油，保存在罐子里。当地的猎人们用鹿的骨髓油来涂抹枪支。熬过的鹿骨髓油即使在冬天也不会凝固。

晚上，德尔苏请我品尝鹿尾巴。他把鹿尾巴直接穿在一根小木棍上，然后放在火上烤。鹿尾巴像一个小皮口袋，除了一根细细的椎骨，全是粉白色的胶状物，味道有点像脑花，又有点像肝。

我连着两天都在帐篷里绘制考察线路图，写日记或写信。累了就去海边散散步，看海鸟。

晚上的时候我就和德尔苏聊天。我们聊打猎，聊各种野兽，还聊森林火灾。德尔苏的观察力精准细致，想法还特别有趣。例如，他给我讲道，二十年前，连续两个冬季，老虎都从西向东迁移。他认为这是老虎在大规模地从松花江流域迁往锡霍特－阿林山脉。德尔苏还提到 1886 年出现了野兽大规模死亡的现象，夏季死了好多梅花鹿和马鹿，冬天则是野猪。

从前，我曾多次问过德尔苏，他是怎么打死那只老虎的。但是一提起这个话题，德尔苏要么不说话，要么就是把话岔开，但这次他和我讲了事情的来龙去脉。

事情发生在福金河附近，那是 5 月。德尔苏在河谷的橡树林里走，他还带了一条小狗。一开始，小狗欢快地在他前面跑，后来狗就变得非常警觉，可是周围并无异常。德尔苏以为狗是害怕黑熊留下的气味，因此没有放在心上，继续往前走，可是狗却怎么也不肯走了，它紧贴着德尔苏的腿，让他无法迈步。后来德尔苏才知道，不远处有一只老虎。看见有人，老虎就藏在了树后。说来也巧，德尔苏正好就是朝老虎藏身的那个方向走的。人走得越近，老虎就越想藏起来，它已经快缩成一个球了。德尔苏根本就没有发现危险，他用脚推着狗，就在这个时候，老虎蹿了出来。它往旁边一跃，然后晃动着尾巴，开始怒吼。

“你嚎什么？”德尔苏喊道，“我不动你，你生什么气？”

老虎后退了几步，停住了，继续吼叫。德尔苏也继续对着老虎喊叫，让它离开这儿。老虎跳了几步，又开始吼，看得出来，它不想走。于是，德尔苏就喊道：

“好啊，我让你走你不走，那我就打你了，这可不能怪我啊！”

说完，德尔苏就举起了枪，开始瞄准。忽然，老虎不叫了，转身朝垄岗上的灌木丛走去。这种情况下，原本就不应该开枪了，但当老虎走到垄岗顶上的时候，德尔苏扣动了扳机，老虎一下子扑进了灌木丛里。德尔苏也就继续往前走了。大约四天后，德尔苏按原路返回了，走到垄岗附近的时候，他看见树上落着三只乌鸦，其中一只正在用树枝蹭嘴。

“难道我把老虎打死了？”这个念头在德尔苏脑中一闪而过。

刚绕到垄岗的另一侧，德尔苏就看到老虎死在地上，肚子上的肉爬满了蛆。德尔苏害怕极了，也自责极了。老虎都已经准备离开了，为什么还要开枪呢？德尔苏赶紧跑开了。但从那一刻起，他就一直被自己无缘无故打死了一只老虎的这件事折磨着，一直心里不安，一直觉得自己早晚会遭到报应。

“我现在特别害怕，”讲完这段经历后，德尔苏说道，“以前我一直一个人到处走，我什么都不怕。可是现在，看到点什么，我心里都会嘀咕，发现了脚印，我会琢磨琢磨，一个人在森林里睡觉，也会瞎想……”

然后，德尔苏就不说话了，开始看着火堆发呆。我觉得有点累了，就回去睡觉了。

夜，温暖又安静。透过云，偶尔能看见月亮，但月亮很快就会被乌云遮住，乌云仿佛不想让月光照耀着大地。空气中充满了杜香花的芬芳，耳畔有滴答的水声，还有秋虫的呢喃。

两天后，河里的水位开始下降，可以考虑渡河了。

明天就可以渡河了，这个消息让大家欢欣鼓舞，大伙立刻忙碌起来，整理物品，分门别类地装好。

第二天我醒来的时候，太阳已经升得很高了。大家已经喝完了茶，就等我了。我飞快地收拾好了自己的寝具，拿了块面包放进衣服口袋里，趁着步兵们给骡子装驮包的工夫，我和德尔苏、张宝还有 A.I. 梅尔兹利亚科夫去察看比利姆别河的情况。

到了河边，两条狗立刻下水游到对岸去了，但是看我们没有过河，就又游了回来。现在要找到能涉水渡河的位置。两岸都有沙滩，一侧的位置较高，另一侧的位置较低，由此可以推断出，要按斜线渡河。河里的水位依旧不低，水流也很快。人和骡子应该可以蹚水过去，但是物品怎么办？唯一的办法是做一个筏子。于是我们又花了差不多一天的时间做筏子。晚上七点左右，我们过了河，筋疲力尽，全身湿透。骡子们在发洪水的时候受到了惊吓，因此一开始很抗拒下水。一个步兵带着一头骡子先过了河，其他的骡子也都跟着游了过来。

河对岸有个像观景台一样的地方，我们选择在那里过夜。

最后一抹晚霞消失在西方的天际，夜幕降临，此时，我们有幸能见到一个非常有趣的物理气象学现象：海水与银河共光辉。大海平静得没有一丝波澜，光滑的水面发着暗淡的光，有时还会瞬间发亮，就像有道闪电划过一样。这些光会在某个位置消失，然后又在其他位置出现，最后都消逝在地平线上。天上繁星密布，让人感觉看到的是星云，而星云中最明亮的就是银河。海水与星空共光辉，这种奇观到底是因为空气洁净，还是这两种现象间真的有某种联系，我也说不清楚。我们就这样一会儿欣赏天上的银河，一会儿欣赏海面的光辉，直到很晚都还没入睡。第二天早上，值夜的队员告诉我，海水发了一整夜的光，直到黎明前光才消失。

VIII. 考察小克马河

8 月 24 日，我们告别了比利姆别河，沿着海岸线继续前进。位于海边的热列兹尼亚克山断崖林立，海浪在山脚处留下了一条窄窄的印记，有些地方的岩石都已经消失了。有浪的时候，此处根本无法通行。在科尔卡杰奥河附近，有一座山崖，形状特别像人头。乌德盖人把这座山叫作“卡达尼”，意思是“石头人”。传说山林之神奥恩古抓住了一个猎人，然后把他变成了石头，让他守护附近的火山。

从比利姆别河河口到科诺尔河的直线距离只有 12 俄里。尽管天气不错，但这一天我们还是没能走太远。宿营地选在了一条小河旁，河长不过 5 ~ 6 俄里，河的下游是沼泽，上游是火灾迹地，能看得出来这里曾经是茂密的森林。前几天的那场大洪水把这条小河的两岸都冲毁了。

步兵吉雅科夫来报告说，在宿营地附近发现了两具马鹿的骨架，鹿角还是连着的。我朝他说的地点走去，果然发现地上有两具骨架。骨架的状态表明，马鹿死后，它们的肉被食腐的鸟和兽吃光了。两具骨架头部的形态特别有趣，应该是在打斗的过程中，鹿角撞到了一起，无法分开，后来两头马鹿都饿死了。步兵们想把鹿角分开，六个步兵分成了两组，从不同的方向用力拉，结果也没能把鹿角分开。可以想象，两头马鹿打架的时候都用了全身的力气，对撞时鹿角发出了巨大的响声，然后两头马鹿来了一个致命的拥抱。虽然骡子已经超负荷了，但我还是决定带上这一对难得一见的骨架，准备把它们运到下一个居民点，委托在那里生活的中国人暂时保管。

天快亮的时候，值夜的步兵叫醒我，向我报告说天上有一颗“带尾巴的星星”。因为不困，所以我就穿好衣服走出了帐篷。天已经蒙蒙亮了，夜雾已散去，只有热列兹尼亚克山的山顶附近还有一丝白云。正赶上涨潮，海水上涨，海浪冲上了海岸。离日出还有一段时间，天上的星光已经开始暗淡。东方，靠近地平线的地方有一颗彗星，拖着长长的尾巴。

很快其他人也都醒了，步兵们七嘴八舌地开始讨论彗星究竟预示着什么。他们都说，不久前的那场洪水就是这颗彗星引发的。张宝对此也有自己的看法，他认为彗星出现的方向不久就会有战事。我看德尔苏一直没有说话，就问他是怎么看的。

“彗星他总自己在天上走，他从来也没害过人。”德尔苏淡然地说道。

虽然德尔苏把世界万物都看成和人是一样的，但他的“万物有灵论”一点儿都没有妨碍他对事物的正确判断。

东方燃起了朝霞，彗星不见了，夜的阴影也消散殆尽，林中洒满了灰蓝色的晨光。太阳从地平线的另一侧喷薄而出，照亮了整个海面。

“德尔苏，我问你，太阳是什么？”

德尔苏一脸困惑地看着我，然后反问道：

“难道你从来都没看过太阳？那你就快看看吧！”说完，他就用手指了指刚升起的太阳。

大家都笑了起来，德尔苏却有点不高兴。那么大的太阳就在眼前，怎么还有人问“太阳是什么”这么蠢的问题呢？德尔苏把这个问题当成了玩笑话。

因为起得早，所以我们出发得也早。我们依旧沿着海边的小路前进。

此处数量众多的小河中值得一提的是科诺尔河。它的长度为10俄里，由两条小河汇流而成，左边的河大些，右边的稍小。

科诺尔河河谷大部分是沼泽地，伴有稀疏的林地。科诺尔河的水量不大，但水流很湍急。河口处分成两个河湾，分别在山的裂罅中流过。裂罅的两侧是台地，这种地貌是海岸线逆向运动的结果。

在科诺尔河稍事休息后，我们继续赶路。小路现在已经偏离海岸，正沿着一个叫“地狱之泉”的泉眼向山中延伸。经过丘里卡河之后，小路进入了小克马河谷地。小克马河在航海地图上的名称是“萨克哈玛河”。

在小克马河边距离海岸1.5俄里远的地方，住着旧教徒伊万·博尔特尼科夫一家。他和妻子、两个已成年的儿子还有两个女儿生活在一起。我想试探一下，看看我们的到来是否会惊吓到他们。于是，我们拉住了几个小孩，女人们见状连忙跑回了家，还插上了木屋的门闩。当我们从木屋旁边走过的时候，她们惊恐地从窗户里往外看着，目光一相遇，立刻就会躲起来。又走了大约半俄里路，看到河岸边有一片椴树林，我们就准备在这里宿营。

一整天，空气中好像都有雾霾，而且越来越浓。午后，雾霾甚至浓得遮住了群山。西边的天上始终挂着一片乌云，云边黑得厉害。风也是一会儿大，一会儿小。太阳躲进了乌云的后面，于是云边就像镀了一层金属一样发起光来。几分钟后，有三道紫红色的光从乌云的后面射了出来，呈扇形排列在黄绿色的天空中。这种景象持续了将近两分钟。然后这三道光开始变暗，天空很快就布满了乌云。

我以为第二天，也就是 8 月 26 日，肯定不会是一个好天，但出乎我的意料，一大早乌云就散尽了，接下来的一整天都阳光明媚。

旧教徒博尔特尼科夫一家的生活相当富足，他们不用交赋税，种的地也不多，除农耕之外，还会打鱼和捕貂。他们并没有在此地久居的打算。这家人不希望我们进山，也不愿意告诉我们周围的情况。

小克马河由两条河流汇集而成：一条是科列拉河，长度为 15 俄里；另一条河是萨克哈玛河，长度为 20 ~ 25 俄里。这两条河在距离海岸线 4 俄里的地方合二为一。小克马河的河谷很开阔，河谷两边都是低矮的火山。

不久前的那场大洪水严重破坏了河道，形成了很多新的支流。有的支流甚至延伸到了谷地中，把沙砾带到了肥沃的土地上。在河口附近，所有的支流又重新汇集到一起，形成了一片类似河湾的区域。

今天的晚霞也很特别，斑斓的色彩让人叹为观止。地平线处是深红色的，稍高点的天际是橙色的，再往上是黄色的，绿色的，天顶处则是浅白色的，仿佛是七彩的云织就的网。这张网在一点一点地缩小，最后变成了一层一层的乌云。晚上十点左右，最后的星星也躲进了乌云的后面，气压计的水银柱开始下降，这意味着，天气开始变坏了。

清晨，我在雨声中醒来。穿好衣服后，我就来到了外面。头顶上翻滚着黑云，迎面而来的疾风和大雨，让我立刻想起了在比利姆别河遇到的那场大暴雨。一夜之间，气压表的水银柱下降了17毫米。风向不断变换着，终于，傍晚时刻出现了风暴。

因天气原因，这一天我们无法工作。帐篷在风雨中摇摇欲坠，仿佛下一秒就会被风拔起来然后抛进大海里。晚上十点左右，天气才逐渐好转，黎明时分，雨停了，天空也放晴了。

8月28日、29日、30日，我们连续三天对小克马河进行勘探。我和德尔苏带着两名步兵阿里宁和萨宾托夫，外加一头骡子，计划沿着萨克哈玛河行进到河源地区，然后再沿着科列拉河返回海边。两名步兵会带着骡子与我们同行到小路的尽头，然后我和德尔苏背着背囊继续前进，步兵们则带着骡子返回宿营地。

28日早晨八点左右，我们一行人从宿营地出发了。小路从旧教徒家的房子边上开始，沿着河的左岸通向远方。这里的地貌以丘陵和平缓的坡地为主。河谷中，在沼泽和一草不生的岩石地带之间，零星地点缀着长满榛子树的旱地，还有数量众多的小支流，不久前的那场大洪水使这些支流的水量都丰沛起来。这里的慢坡地有点儿像冲积台地，地表长着稀疏的树林，主要的树种有橡树、黄檗、槭树、黑桦、杨树、榆树等，还有树龄达 150 ~ 200 年的椴树。

两名步兵挑选的骡子有点懒，因此他们时不时地就会掉队。我和德尔苏只好停下来等。为了不耽误路程，在休息的时候，我和步兵们约定，我和德尔苏不再停下来等他们，他们带着骡子慢慢走，遇到岔路口的时候，我们会做好记号，他们按记号所指的路走就可以。说好后，步兵们开始调整骡子的驮包，我和德尔苏就继续往前走了。

萨克哈玛河河口附近的宽度有 3 ~ 4 俄丈，深度不超过 3 ~ 4 俄尺。在离河口不远处，也就是萨克哈玛河与科列拉河汇合的地方，河谷突然变窄了。右侧峰峦起伏，山上是茂密的混交林，谷地的左侧是河水冲积而成的台地，稀疏地长着一些阔叶树。

在这个地方，第一次出现了岔路口：一条路沿着河边通向河的上游，另一条路则转向了右侧。根据与步兵们的约定，我们应该在这里做个记号，提示步兵们该走哪条路。德尔苏拿了一根树棍，削尖后把它插进了土里，然后又把一根折断的小树枝插在树棍的旁边，让它正好指向我们要走的方向。做好记号后，我和德尔苏就继续赶路了。我们都认为步兵们应该能看懂这个记号。又走了大约两俄丈，我们停了下来，因为我要用放在驮包里的某件物品。于是我和德尔苏开始等步兵们，但左等右等都不见步兵和骡子的影子。我和德尔苏只好往回走，准备去迎他们。大约二十分钟后，我们回到了岔路口处，到这一看就明白了，步兵们根本就没有按我们做的记号走，他们走了另一条路。德尔苏气得骂人了。

“这两个是什么人啊！”他生气地说道，“东张西望地走，像小孩子，眼睛倒是长了，可是不会看，这样的人在山里活不成，进山就得丢！”

德尔苏无法理解的并不是两名步兵走错了路，走错路没什么可怕的。让他感到难以理解的是，两名步兵居然选择了那条连一个脚印都没有的路！而且，步兵们肯定看到了我们削尖的那根做路标用的树棍。因为德尔苏检查了那根树棍，发现它不是被骡子踢翻的，而是被人脚碰倒的。

骂人也解决不了问题啊！我只好拿出枪，朝空中连放了两枪。过了一会儿，远处传来了回应。我又回应了两枪，然后我们就点起火堆，开始在原地等待。半小时后，两名步兵终于到了。他俩辩解说，德尔苏做的记号太小了，一点都不明显。德尔苏没有反驳，也没有和步兵们争论。因为他清楚，有些东西对他而言是清楚明白的，可是对其他人而言却未必是。

喝完茶，我们继续赶路。出发之前，我再三叮嘱步兵们，让他们一定仔细观察脚下，绝不能再犯同样的错误了。大约两个小时后，我们到达了预计的地点——乌格柳玛雅河从右岸汇入萨克哈玛河的位置。小路在这里又分岔了：一条路通向前往伊利墨河的山口，伊利墨河是塔科玛河的支流。如果要前往科列拉河的河源，我们应该走第二条路。德尔苏放下背上的背囊，开始拽一根倒在地上的枯木。

“现在宿营还早吧，我们还得继续走呢。”我对德尔苏说道。

“我不是拽柴火，我得把路拦住。”德尔苏一脸严肃地说道。

我立刻就明白了，因为步兵们曾指责说德尔苏做的记号太不明显，所以现在德尔苏决定设个路障，让步兵们能及时停下来。这个办法让我禁不住大笑起来。德尔苏拽了很多枯木，用它们封住不能走的那个路口，又砍来了不少灌木，还从路两边的树上折了很多枝条。一言概之，德尔苏做了一道防栅。这个办法果然起了作用，步兵们这次没有再走错路。

乌格柳玛雅河是东西流向，与纬线的方向一致。狭窄的河谷里长着茂密的针叶混交林，洪水留下的印记随处可见。

倒在地上的树木，还有被洪水挟带来的鹅卵石与砂石形成了堰塞物，在下一次大洪水暴发时，它们才有可能被冲往别处。

一路上，我们不止一次地看到了狍子，我还打到了一只。傍晚，我们终于到达了河的上游，并在这里选址宿营。

晚饭的时候，德尔苏做了一道烤狍子肉。他在地上挖了一个1.5俄尺见方的坑，坑里点上火，火把坑壁烤热后，再把木炭取出来，然后把狍子肉用一种叫蜂斗菜的野菜包上，放进坑里，再用一块薄石板盖住坑口，最后在石板上点起一大堆火，烤制一个半小时。这样烤出来的狍子肉鲜美无比，即使是最好的饭店也做不出这样的美味。肉的表面被烤成了焦红色，薄薄的一层，内里却饱含汁水。这之后，只要有机会吃狍子肉，我们都会按德尔苏的方法烤制。

再往下走就没有路了，因此，步兵们第二天带着骡子原路返回了，我和德尔苏则继续前进。

乌格柳玛雅河在上游地区分成了两条小河，小河之间的夹角大约有30度。我们选择从左侧登上山脊，这里的山呈弧形，科列拉河的源头就在此处。

我和德尔苏沿着山脊走。站在山顶，周围的一切尽收眼底。南部的山涧中，一条像银蛇一样的小河在蜿蜒流淌着，西边是横亘在蓝天下的锡霍特－阿林山脉，北方也是山峦叠起，东部山峰的高度渐次降低，远处是蔚蓝的大海。眼前的景色竟是如此的庄严壮美！

黄昏前，我们下山朝科列拉河的方向走，没走太远，就找到了适合宿营的位置。

早上还是多云的天气，傍晚云却散了。夕阳把金红色的光洒在山坡上，随着时间的推移，光照的位置变得越来越高，然后阳光就离开了群山，照在了天边的云上，把云变成了火红的晚霞。接着，晚霞也慢慢地暗淡了。皎洁的月光洒了下来，山峦的轮廓在月光下愈发地清晰，颜色也更深了。夜里露水很大，也很冷，所以我和德尔苏要多准备些柴。

入夜后，我躺在篝火边，欣赏着天上的星星。德尔苏坐在我的对面，他在仔细地倾听着自然界中的各种声响。他懂这些声响，懂溪水的潺潺声，懂风拂过枯草的声音。德尔苏的半个身子被篝火发出的红光照亮，另外半个身子则沐浴在白色的月光里，这就给人一种错觉，仿佛有两个德尔苏，他们相互依偎地坐在一起，一个是红色的德尔苏，另一个是淡蓝色的德尔苏。

我们两个聊起了关于天空、月亮和星星的话题。我特别想知道，德尔苏，这个在大自然里生活了一辈子、从来都没有听过书本上的大道理的人，是如何解释天空以及日月星辰这些现象的。聊过之后我才知道，原来德尔苏根本就没想过这类问题。他给出的解释特别简单：星星就是星星；月亮，每个人都能看见，也就是说，根本就没有必要描述月亮是什么样的；天空，白天是蓝色的，夜晚，阴天和发生灾难的时候是黑色的。德尔苏非常不理解，为什么我会问他这些幼稚又可笑的，甚至连小孩子都知道的事。

“这些，周围的人都知道，难道你不会自己看吗，上尉？”这回轮到德尔苏问我了。

这时我才明白一个道理，只有文化人才会因宇宙的无限而心生恐惧，进而意识到自己的渺小。越是有文化的人，这种感觉就会越强烈。

我痴迷地看着星空，甚至忘了自己身在何处。忽然，德尔苏的声音使我回到了现实。

“上尉，你看那颗小星星。”德尔苏手指着天空说道。

我好长时间都没明白德尔苏说的究竟是哪颗星星，德尔苏想方设法地给我解释着，后来我终于明白了，原来他说的是北极星。

“这颗星星是天上最重要的人物，”德尔苏继续说道，“它总是在自己的位置上站着不动，其他的星星都围着它转。”

就在这时，一颗明亮的星星划过天空坠落了。

“德尔苏，你觉得那颗星星是什么？”我指着那颗星星问道。

“一颗星星落了。”德尔苏答道。

我还以为德尔苏会把星辰的坠落与人的生或者死联想到一起，并为其赋予某种宗教色彩。结果却完全不是我想的那样，在德尔苏的眼中，这就是一个非常简单的现象：一颗星星落了。

一颗星星落了，对一个有文化的人而言，这是非常复杂的现象：小行星的碎片偶然闯入了地球的大气层，与空气摩擦后发热，遇到空气中的氧气后燃烧，产生镍铁陨石和宇宙尘埃。它们的坠落将对地球的体积、重量和密度产生长久的影响。坠落过程中的任何一个微小的变化，不仅会改变它们坠落的轨迹，还会影响其他行星运行的轨迹。如此这般的问题数不胜数，每次思考这类问题都会使人进入死胡同。对于人来自哪里又将归于何处这两个永恒的哲学问题，最有知识的人，也会像野蛮人一样愚昧。对于这两个问题的理解，无论是文化人，还是野蛮人，都是迷信的。他们之间的区别在于，文化人迷信得复杂，而野蛮人迷信得简单。这也许就是很多文化人最后都陷于神秘主义的原因吧！

当我从无边的思绪中清醒过来的时候，篝火已经要熄灭了。德尔苏依旧坐着，头垂在胸前，打着盹儿。我往篝火里添了柴，然后准备睡觉。

第二天早上，我们是被冻醒的。夜里落到地上的露水凝成了一层白霜。喝点茶暖和一下后，我们背上背囊，开始下山向科列拉河的方向行进。科列拉河河谷比萨克哈玛河河谷开阔，是典型的近岸冲刷地貌，而且这个河谷没有森林覆盖，大部分的森林都毁于山火了。朝向科列拉河这侧的山坡上有很多长满杂草和灌木的碎石堆，山坡上倒木随处可见，河道上石滩众多，河谷长 14 俄里，河口宽 2 ~ 3 俄丈，深度不超过 2 ~ 3 俄尺。

越往山下走，小溪里的水量就越大，加上左右两侧不断汇入的细流，很快我们眼前的这条小溪就变成了一条大河。河水喧嚣着在岩石中流淌着，单调的流水声让人忽略了它的存在，甚至觉得整个河谷是安静无声的。

每一个涉足过火灾之后形成的原始次生林的人，都知道穿越它有多么艰难。树干上的树皮被烧光了，但还带着残存的、尖利的枝杈，它们横七竖八地倒在地上，隐藏在茂密的杂草中，人一旦踩上去就会摔倒。每次穿越这样的次生林，骡马的蹄子都会受伤，人的衣服会被撕烂，脸和手臂上也都是伤痕累累。经验告诉我们，遇到原始次生林最合理的做法就是绕行，哪怕会多耗费些时间。于是，我们选择绕过次生林，继续下山，然后踩着小溪边的砾石走。

在小溪转弯的地方，我看见了一只像狗，但体型比狗大的动物。它的脑袋很大，头上长着一对不大的、毛茸茸的立耳，圆乎乎的脸，躯干干瘦，还有一条长长的、蓬松的大尾巴。各种特征都表明，我看到的是被当地居民称为“红狼”的亚洲野狗。它的皮毛的确是红色的，背部有一些黑毛，肚子上的毛则是浅色的。这只红狼正在溪边喝水，发现我们后，便停了下来，然后一跃而起，几步就跑进森林里去了。随后又有两只红狼也从岸边的灌木丛中窜了出来，跑进了树林，其中一只红狼的毛色和第一只的一模一样，而另一只的毛色比较深。除了这三只红狼，还有一些动物也从我们身边一闪而过，钻进了灌木丛。我开枪打伤了一只。这时德尔苏过来了，问清楚怎么一回事后，他就钻进了树丛。大约两分钟后，我听到德尔苏在喊我，于是就朝他的方向走去。德尔苏站在一棵高大的雪松下，朝我招着手。走到他跟前，我发现地上有一大块血迹，还有一小片鹿毛。德尔苏告诉我，红狼总是成群结队地在原始森林里游荡，它们一起捕猎野山羊或梅花鹿，捕猎的时候分工明确，有负责追赶猎物的，也有负责伏击猎物的。红狼们会把猎物撕碎并带走，就像现在这样，地上只留下一点血迹和一些皮毛。

据当地的猎人们说，红狼有时候也会攻击人类。

红狼主要分布在乌苏里江谷地、南乌苏里边疆区和奥莉加湾到普里特尼亚克海角以北的沿岸地区。换句话说，红狼领地的北部界线与野山羊、梅花鹿栖居地的界线是相同的。

在小溪边稍做休息，我们就继续赶路了，傍晚前，我和德尔苏回到了海边的宿营地。

次日，也就是8月31日，我们在小克马河休整一天，积蓄力量。旧教徒博尔特尼科夫一家在确信我们不会干涉他们的生活之后，态度有所转变，给我们送来了牛奶、黄油、酸凝乳、鸡蛋和面包，然后详细地询问了我们要去哪里，要做什么，会不会在他们家附近安置其他的移民。

IX. 李存斌的故事

在秋季的第一天，也就是9月1日的午后，我们告别了小克马河，准备前往塔克马河。有一条与海岸线平行的小路通往那里，路程不远，只有7俄里，路也好走。

9月2日，我们休整一天。喜欢捕鱼的队员去河边抓鱼，其他人则留在宿营地里整理服装、修理武器。

次日，天刚亮我们就离开了宿营地，沿着塔克马河的右岸前进。河道转弯北上，支流之间的山体向河谷延伸，在主河道上形成了巨大的高台。高台像是一道道的门槛，水从高台上流下去，看起来就像瀑布一样。河水喧嚣着从狭窄的通道中流过，拍击着岩石，激起一层层洁白的泡沫。高台脚下有一个深潭，潭里的水静静的，在阳光下宛如一潭翠玉。

忽然，不远处的水面上出现了一个东西，原来是一只水獭把头探出了水面。水獭的身子很长，能有120厘米，尾巴也很长，大约40厘米，四肢短小，圆圆的脑袋上长着一对炯炯有神的小黑眼睛。背和腰腹部的毛是咖啡色的，油亮有光泽；脖子下面和肚子上的毛是银灰色的。

水獭的嘴里叼着一条鱼，正朝对岸的方向游去。上岸后，它就爬到了一块大石头上，湿漉漉的身子在阳光下闪着光。忽然，它看到了我，于是立刻扔下了鱼，飞快地潜入水中。我让同伴们都躲进灌木丛，希望水獭能再次从水里出来，但它始终没有再浮出水面。正当我准备起身离开的时候，忽然一道黑影在空中掠过，一只特大的白尾鹰落到了石头上，叼起石头上的鱼就飞走了。

又走了大约3俄里，我们找了个地方宿营。

9月8日，我们告别了塔克马河，开始沿它的支流大昆奇河行进。大昆奇河的长度不超过40俄里，从西北向东蜿蜒流淌。

大昆奇河的支流中，最有意思的是位于中游右岸的两条无名河以及位于左岸的塔尔达河。第一条无名河通往伊利墨河，第二条无名河通往萨克哈玛河，从第三条河，也就是塔尔达河同样可以前往塔克马河。这三条支流的河口处各有一座猎人盖的房子。

我们很快就走到了第一座房子所在的位置。在那儿稍做休息，喝了点茶，吃了点面包干，然后就继续赶路了。

剩下的路程走得很轻松，也没有遇到什么特别的事，我们在第二座猎人的房子里过夜，居然有种到家的感觉。

这个季节的阳光已经和夏季的有了明显的不同。日出晚，日落早。草已经开始干枯变黄，树上的叶子也失去了夏日翠绿的颜色。最先感到冬季即将来临的应该是山葡萄藤和枫树，它们的叶子已经染上了橙、红和紫的色调。

吃过晚饭后，大家躺在热乎乎的炕上。德尔苏开始讲他的一次奇遇。张宝坐在他旁边认真地听着。我实在是太困了，睡得和死人一样。

9月9日，我们继续朝锡霍特－阿林山脉的方向前进。

不知不觉一天就过去了，太阳已经快落山了。金色的阳光照进林中，给树林增添了一份独特的美。

我们脚下的小路，像丝线一样绕来绕去，时而在河这边，时而又到了对岸。河谷变得越来越窄，然后忽然又变得开阔起来。地形也变得更加复杂，这里是大昆奇河的上游，有三条小溪在这里汇流。现在我们已经到达锡霍特－阿林山脉的脚下了。

三条小溪的汇流之处，有一个不大的林间空地，空地上有一座小房子，房顶上盖着树皮和干草。

我们在小房子附近遇到了一位中国老人。看到我们从灌木丛中走出来的时候，他的第一反应是想要跑。但自尊、年迈还有好客等原因让他停住了脚步。老人站在那儿，有点不知所措。

由于太过紧张，老人坐在了树墩上，好久都不能平静。

这时，太阳已经躲到了山后，树林里的阳光也消失了，周围立刻变得阴冷起来。

小房子所在的地方看起来很舒服，于是我们决定在这里过夜。

德尔苏和张宝用自己的方式和老人寒暄了几句，然后就开始点篝火，准备晚饭。

我独自坐在一边，长久地打量着那位中国老人。

他身材很高，背有点驼，眼神浑浊，留着稀疏的山羊胡，脖子上青筋凸起，黝黑的脸上布满了皱纹，再加上变尖的鼻子，让人不禁联想到了木乃伊。这位老人身上穿着一件破旧的蓝土布衬衫，衬衫早已褪色，补丁的针脚歪歪斜斜，腰上系着同样破旧的布腰带，腰带侧面挂着狩猎刀、挖人参用的寻宝棍，还有一个装燧石和火镰的小口袋。下身穿着蓝色裤子，脚上穿着一双带拉紧带的、手缝的矮帮驼鹿皮鞋。头上缠着又黑又脏的破布头巾。

老人看起来和普通的中国工人并不一样。他修长的双手、侧脸的轮廓、鹰钩鼻子和脸上的表情都表明，他来到原始森林纯属偶然。这位老人的身上透着一点知识分子的气质。

“他是不是因为政治问题逃亡到这里的呢？”我心里暗想。

他如此恐惧也许就是因为我，这个念头一闪而过，我也开始不自在了。这时，步兵阿里宁给我端来了一杯茶和两块糖。我站起身，走到老人面前，把这些都递给了他。老人吓坏了，糖掉到了地上，茶也洒了。他双手颤抖，眼中出现了泪花。忽然，他双膝跪地，用压抑的声音说道：

“谢谢您，大老爷！”

我扶他起来，说道：“老人家，不用害怕。”

然后我们都忙起了自己的事。我要把白天走的路线画下来，德尔苏和张宝忙着做晚饭。

老人也渐渐地平静了下来。

喝完茶，坐在火堆边，我开始询问老人，他是怎么到的大昆奇河。

这位老人告诉我，他叫李存斌，今年 74 岁了，老家在天津，是个大户人家。年轻的时候，他和家人闹翻了。弟弟使他遭受了奇耻大辱，中间还涉及了女人。父亲偏袒弟弟，于是他离家出走去了东北的松花江，后来又到了乌苏里边疆区，在大乌比河附近住了下来。再后来，大乌比河附近来了俄国移民，他就搬到了乌拉河附近，然后又辗转多处，最后到了塔克马河，在那里一住就是三十四年。以前他以打猎为生，用的第一把猎枪是火绳枪，那是他用三十张上等的紫貂皮换来的。除了打猎，他还挖人参。老了之后，不能打猎了，他就开始捕兽，所以只能远离人群，待在一个固定的地方。后来他看中了大昆奇河，他已经在这里生活很多年了。李存斌孤身一人，偶尔会有当地人闯到这里，他自己一年里也会到塔克马河河口一两次。李存斌还和我谈到了他的母亲，回忆起了童年，给我讲了他家位于河边的房子和果园。

后来，李存斌就不说话了，垂着头，想起了心事。我看看周围，发现篝火边就剩我和李存斌两个人了，德尔苏和张宝出去捡柴了。

夜很冷，满天星斗，宽宽的银河清晰可见。一阵刺骨的西北风吹来，我感觉很冷，就走进了屋子，只剩李存斌一人还在篝火边坐着。

我看到德尔苏踮着脚尖从李存斌身边走过，因为怕吵到李存斌，所以德尔苏说话都用最小的声音。

我时不时地从门口向外看着，李存斌一直坐在那里，连姿势都没变过。篝火照着他苍老的脸庞，火苗忽明忽暗的影子在他的身上跳跃着。火光中，他看起来像一座烧得通红的铁雕像。他沉浸在自己的思绪中，全然忘记了我们的存在。

他在想什么？是自己的青春岁月，还是在设想假如他不离家，那这一生会怎样？他是否想起了自己的亲人？是否想起了曾经心爱的女人？是否在回味自己在原始森林里孤独度过的一生？

夜渐深，我又一次向窗外看去。风把即将熄灭的篝火又吹着了，瞬间爆发出了暗淡的火苗，照亮了老人消瘦的身影。他坐在那里，双手托着腮，看着篝火的余烬回忆着遥远的从前。我本想喊他起来，但是不知道为什么始终喊不出口。

终于完成了手头的工作，我合上笔记本想躺下睡觉。这时我又想起了李存斌，便走了出去。篝火已经熄灭，仅剩灰烬，风吹散了余烬，一些火星散落到地上。老人依旧坐在那里，就像一个小时以前那样，依旧在沉思着。

我和德尔苏说，让他把老人叫进屋子里来。

“不可以叫他，上尉。”德尔苏小声说道，并加重强调了“不可以”这三个字。然后德尔苏对我说，当一个人回忆从前的时候，别人不应该去打扰他。

我立刻听懂了德尔苏的意思。深度的自我审视对一个人而言是一个了不起的决定。这一刻，所有的真相都会浮出水面，所有的形象都跃然而起，所有的过往都清晰可见。一生中值得骄傲或令人羞愧的所作所为也都会被想起。

我懂了，在这个时刻确实是不应该去打扰李存斌，于是我进了屋，躺在了炕上。

烟囱里的风幽怨地号叫着，屋顶上的干草发出窸窸窣窣的声响。外面不知道什么东西在划着墙，也许是枯枝吧。这些声响仿佛是摇篮曲，我沉沉地睡着了。

第二天早上，我醒来的时候，太阳已经很高了，我急匆匆地穿好衣服，走出了房门。

霜染白了周围的一切，地上的水洼结了冰。薄薄的冰层下面有很多气泡。深黄色的枯草反射出刺眼的光芒。树枝、岩石还有小路上被踩实的土都被镀上了一层暗淡的红光。

环顾四周，我发现，昨天散落在房子四周的东西都被归置好了，整齐地放在了屋檐下。德尔苏、张宝坐在篝火边小声地说着话。

“李存斌呢？”我问道。

张宝用手指了指树林的方向。这时我才发现，在那块空地的边上有一个用细圆木搭建的小庙，庙顶上盖着松树皮。李存斌此刻正双膝跪在庙前祷告。我不想打扰他，就去小溪边洗脸。大约十五分钟后，李存斌回到了房子里，开始收拾自己的背囊。

“他这是要去哪？”我问自己的同伴们。

张宝告诉我，李存斌决定要返回家乡，如果弟弟还活着，他就与弟弟和解，然后在家乡了此残生。

收拾好了背囊，李存斌摘下了左手上戴着的木手串，把它递给了我，嘴里说道：“上尉，请收下它，保存好，它会保佑你！”

我谢过老人，并立刻戴上了手串。

李存斌朝东西南北四个方向各深深地各鞠了一躬，然后又和周围的小火山、房子，还有他打水喝的那条小溪一一告别。

房子旁边长着两棵落叶松。松下有一个小长椅。李存斌对松树说的话感人至深。他说，这两棵树是他亲手栽种的，他看着它们从小树长成了参天大树。多少年来，他总爱在傍晚清凉的时刻，坐在松树下的长椅上休息，现在，他要和它们说一声永别了。老人眼里泛着泪花，又深深地鞠了一躬。

李存斌又和我的队员们一一鞠躬告别，他们也都一一作揖与他还礼，又帮李存斌背好行囊，把手杖递到他的手中，一直送他到林边。

老人走到林边，再一次转身，最后一次看了看他独自生活多年的地方。看见我，他朝我挥了一下手，我也朝他挥了挥手——手腕上戴着他送的手串。

德尔苏和张宝回来后，我们开始收拾背囊，准备出发了。走到林边的时候，我也像李存斌一样转身看了看。

心里好像有什么东西忽然断了！这块林间空地，还有这座小房子，昨天给我的感觉还是那么的舒适，现在却骤然陌生与空旷起来。

没有人住的房子是没有生命的，它和一具尸体又有什么区别呢？

X. 在海边

9 月 25 日早晨，我们终于结束了对塔克马河的考察，按计划继续北上。

从塔克马河向北有两条路可以走：第一条是山路，离海较远；第二条是走海边的冲积带。我们商定，A.I. 梅尔兹利亚科夫带着骡子走第一条路，我带一队人走第二条路。

A.I. 梅尔兹利亚科夫那队人马出发后一直向东走。渡过绍欧米河后，他们向东北方向前进，三天后到达了古鲁姆别河。在玛法山附近，A.I. 梅尔兹利亚科夫发现了煤石并采集了样本。渡过一条无名溪后，他们来到了纳伊那河畔朝鲜族人的房子附近。

我带领的队伍稍后出发。到达塔克马河河口后，我发现河口位于谷地左侧，至少偏左 500 米的位置。海岸地区这种现象很常见，因为河口的位置通常是由洪水和海浪的冲积作用决定的。

过了塔克马河之后，我们遇到的小河有科阿米河和位于巴雷涅夫角附近的绍欧米河（中文叫“索阿米”，乌德盖语叫“索米”）。这两条小河的河谷在靠近海岸的地方形成了一个开阔的低地，地表覆盖着稀疏的树林。绍欧米河长 12 俄里，河谷——特别是上游地区，非常宽阔。左侧的山在河水的冲刷下，几乎已经与相邻的古鲁姆别河河谷拉平。

对绍欧米河的考察耗费了不少时间。午后，我们向海岸的方向折返，翻越了河谷左侧的几座山。

大约两个半小时后，我们到达了古鲁姆别河。在河口附近，古鲁姆别河的宽度为4 ~ 5俄丈，深度3 ~ 4俄尺，流速为每小时6俄里。河两岸以及河中的岛屿上长着纤细的柳树，岸边的台地上是稀疏的树林，树种主要为椴树和橡树。台地后面是一座名为“岩东砬子”的悬崖。

涉水渡过古鲁姆别河之后，我们登上了岸边的台地，点上了篝火烘烤衣服。坐在高处，水面上有任何的风吹草动都能看清楚。

此时，大麻哈鱼的秋季洄游已经开始。成千上万条鱼挤在河里。有时候，一条鱼在水里一动不动，但忽然间又像是受到了惊吓似的，猛然跳到旁边，然后再慢慢地向反方向移动。

张宝捉了两条鱼，我们的晚饭吃这两条鱼就足够了。

在河谷的北部，台地与山相连的地方，我们的路被一座高耸的山崖拦腰截断了。爬这座山崖，必须要胆大心细，绝对不可以随意攀住某块岩石，因为有的岩石是活动的，一旦受到外力就会脱落。在悬崖的另一侧，高于海平面20米的地方，有一条紧贴着峭壁边的小路。这条小路极其危险，因为实在是太窄了，人只能把脸紧贴在石头上，双手抓住悬崖上突出的石头，然后侧着身体挪过去。更糟糕的是，这条小路是下坡，向海面倾斜着。这条路上死过很多人。乌德盖人把这座山崖叫“古列卡巴尼”，中国人则管它叫“王兴砬子”，据说第一个不小心摔死在这的人叫“王兴”。穿着皮靴走这条小路就更危险了，通常走这条路的时候，人都是光脚或者是穿干爽的软底鞋。雨天，早晨有露水的时候，或者结冰的时候都不可以爬王兴砬子。

蹚水过古鲁姆别河的时候，我们的鞋子都湿透了，所以我们决定把爬王兴砬子的计划推迟一天，先选宿营地过夜。就在这时，岸边不远处的水中忽然出现了一个动物。它抬着头，好奇地看着我们。原来这是一头海豹，属鳍脚类。它的身长约 6 俄尺，重量差不多 5 普特。海豹在乌苏里边疆区的海边随处可见，越往北数量越多，这也证明了海豹更喜欢栖息在沿岸的无人区。我们眼前的这头海豹的身子是浅灰色的，闪着银光，身上有明显的深色圆形斑点。海豹多数时间生活在水里，偶尔也会爬到岸边的石头上休息，它们睡眠的时候也非常警觉，时不时就会醒来看看周围的情况。海豹的听觉和视觉器官相对发达，它们在陆地上行动笨拙迟缓，在水中则灵巧敏捷。在自己的领地中，海豹的胆子特别大，甚至敢攻击人类。与其他动物相比，海豹最典型的特点是好奇心强和喜欢音乐。当地的猎人会通过吹口哨或者用木棒敲击金属来召唤海豹。

德尔苏对着这头海豹喊了些什么，海豹听了就钻进了水中，可是过了一会儿它又凫出了水面。于是德尔苏朝海豹扔了一块石头，海豹又钻到了水里，但很快又出来了，它仰着头，一直朝我们这边看。德尔苏失去了耐心，随手拿起了一支步枪，就开了枪。子弹落在了离海豹特别近的地方。

“老兄，你失手了。”我对德尔苏说道。

“我就是吓唬它一下，”德尔苏回答道，“我可不想打死它。”

我问德尔苏为什么一定要赶走这头海豹，德尔苏对我说，这头海豹刚才在数岸上一共有几个人。然后德尔苏接着说道，人可以数有几只动物，但海豹居然敢数人数，这太不给猎人留面子了。

后来，张宝和德尔苏就去察看山崖了，他们想弄一些石头搭上台阶，我则开始画路线图，一直画到了黄昏前。

结束工作后，我拿上枪，带着狗去岸边散步。

黄昏即将来临，太阳的余晖仿佛在与天边的云朵捉着迷藏，后来阳光不见了，夜幕降临了。地面上空与海面上空的大气层势均力敌，所以周围安静无风，只是偶尔能听到鱼儿溅起水花的声音。远处的天空中有一群大雁飞过，我看不见它们，只能听到雁鸣声声。

来到古鲁姆别河边，我坐在一块大石头上，开始仔细倾听着黄昏时分的原始森林所特有的低语。无边的大海，沉睡的大地，幽蓝的天空，还有天空中千百万颗肉眼看不见的星辰，这自然的世界是多么的庄严壮丽！

置身其中，人会变得高尚起来。这种感觉只能意会而不能言传。只有当一个人意识到自然的世界高于所谓的城市文明时，他才有可能体会到这种感觉。此刻的我正体验着这种感觉，我的内心无比轻松，我知道，幸福不是财富的积累，幸福是健康的体魄，是心灵的自由，是与大自然的亲密相处。

我的狗坐在我的身边，警觉地竖着耳朵，认真地捕捉着森林中的各种细微声响。忽然，它的身子猛然一抖，然后开始朝河上游的方向看去。这时我也听到了身后有喘气声。我迅速地转过身去，看到有个黑色的庞然大物正在河边走着，这是一只大黑熊。去年在木图河遇到黑熊的场景还记忆犹新，于是这次我就没敢开枪。狗忍不住叫了起来，熊立刻停下了脚步，东嗅嗅，西嗅嗅，然后转身，低吼着走进了河柳丛。

我站起身，赶紧往宿营地的方向走。远远看去，宿营地里的篝火烧得正旺，红彤彤的火光照亮了王兴砬子。篝火边有人影走动，我认出了德尔苏的身影，他正在拨火。火花像烟花一样飞舞起来，又像雨滴一样散落，然后慢慢地在空中熄灭。

十五分钟后，我回到了宿营地。晚饭后，我们坐在篝火边聊天，聊了好久。德尔苏和张宝说得多，我主要是听他们说。时间不知不觉就过去了，我们聊完的时候，已经是午夜时分。给篝火加了些柴，我们便裹着毯子躺下睡觉了。不知道为什么，这个宿营地一直深深地留在我的记忆中。

次日，9 月 26 日，我们醒得很早。

我坐在篝火边烤火喝茶，忽然听到张宝喊了一声。我转过头就看见了海市蜃楼。空中，稍稍高于水面的位置上，出现了一艘轮船、两个帆船，后面的背景是群山，然后空中又出现了一个建筑物，既不是俄式的，也不是中式的。海市蜃楼持续了几分钟，然后“影像”开始慢慢地暗淡，最后一点一点地消散了。

大家七嘴八舌地讨论开了。张宝说，沿岸地区的海市蜃楼一般发生在秋季，多出现在早晨。我想要给他们从科学的角度解释一下这个现象，但发现他们根本就理解不了。德尔苏的脸上清清楚楚地写着，他不相信我说的话，只是出于礼貌才不想反驳我。于是，我决定路上再慢慢地给他讲什么是海市蜃楼。

离开宿营地启程后，我开始问德尔苏是怎么看海市蜃楼的。他用话搪塞着，不肯说。我本来都要失去信心了，但我说出的一个词却使问题迎刃而解了。我说的是“影子”这个词，但德尔苏对这个词的理解是“灵魂的影子”，他的理解是“魂儿”。之后，德尔苏就开始给我解释他对海市蜃楼这一复杂现象的理解。他认为，不仅人类有魂儿，动物也是有魂儿的，就连植物、石头，这些没有生命的物体也都有魂儿。

“人睡觉时，魂儿就走了，魂儿回来时，人就睡醒了。”德尔苏说道，“人睡觉的时候魂儿会离开身体，到处溜达，在溜达的过程中会看到许多事物。这就是人会做梦的原因。没有生命的物体，它们的魂儿也是可以走开的。我们在海市蜃楼中看到的那些景物，事实上就是它们的魂儿，而那些景物本身在魂儿出走的时候，都处于静止的状态。”

德尔苏，这位保留着很多原始社会生活方式的人，他把自然拟人化，然后用最简单的方式来解释海市蜃楼这种复杂的光学现象。

王兴砬子的确特别险峻。我努力不让自己往下看，小心翼翼地挪着脚步。德尔苏走在队伍的最后，等到德尔苏也从王兴砬子上下来，到了海岸边的时候，我才终于松了一口气。

王兴砬子后面有一个叫德扎良库尼的小泉眼，旁边是一座山和两条小河——莫科奇河和阿谢科塔尼河。从古鲁姆别河河口到阿谢科塔尼河的距离是 10 俄里。

这里是野生梅花鹿的最后一个天然栖息地。

梅花鹿的体型介于狍子和东北马鹿之间，是唯一的有尾鹿种。夏季的时候，梅花鹿的体毛为栗红色，身体两侧各有七排苹果大小的斑点，背部有一条黑色的毛，尾巴上长着黑色的长毛。梅花鹿总是不停地抖动着自己的小尾巴。冬季的时候，梅花鹿的体毛会变成灰褐色，身体两侧的斑点几乎完全消失。梅花鹿的颈部肌肉紧实，颈部的毛也比较长，颈部到胸部的毛色比身体其他部分深。雄梅花鹿与东北马鹿不同，它的鹿角下部没有杈。梅花鹿的鹿茸非常昂贵，一副鹿茸能卖到 800 ~ 1200 卢布。

梅花鹿主要分布在乌苏里边疆区的南部，最北可以到达乌苏里江流的伊曼河和阿玛卡河。最近一二十年，野生梅花鹿栖息地的面积大幅缩减。从前鹿群出没的地方，现在已经有移民居住，森林也逐渐消失。在这种情况下，梅花鹿只能向北迁徙，然而，因无法适应针叶林带的生活环境，北上的梅花鹿很快都死光了。现阶段，乌苏里边疆区仅存三处梅花鹿的自然栖息地，它们分别是彼得大帝湾的阿斯克里特岛，苏子河上游右侧的山地，以及位于日本海沿岸古鲁姆别河与纳伊那河之间的地带。一旦被偷猎者发现，梅花鹿就会被赶尽杀绝。地方政府应该立刻采取有效的措施，保护野生梅花鹿，所谓“亡羊补牢，犹未晚矣”。

XI. 瀑布

一天傍晚，吃过饭后，我们聊起了打猎这个话题。德尔苏讲，我们听。他这一生有趣的经历实在是太多了。德尔苏给我们讲了他大约十年前打马鹿的故事。

那时正是打马鹿、割鹿茸的季节，事情发生在一条叫二道沟的河附近。河源地区的山谷被河水冲刷得沟壑纵横，圆形的坡地上长着很多树。德尔苏带了一支步枪、一把猎刀，还有六发子弹。刚走出宿营地不远，他就看到了一头长着大角的西伯利亚马鹿。德尔苏开枪，马鹿受了轻伤。按正常的情况，这头马鹿会倒在地上，但不知道为什么，马鹿晃了晃，很快就稳住了身体，然后跑进了树林。德尔苏追了上去，又开了四枪，但这四枪都没能打死那头马鹿。它越跑越远，于是德尔苏开了最后一枪，带的子弹全打光了。马鹿终于倒下了，倒的位置恰巧是两个壕沟相连的地方。马鹿的身子倒在了壕沟的水里，肩、脖子和头露在石头上。受伤的马鹿抬着脑袋，看样子马上就要断气了。德尔苏就坐到了一块石头上，抽着烟，等着马鹿断气。大约抽了两袋烟，马鹿终于咽气了。德尔苏准备走过去，他想把鹿头连着鹿茸一起砍下来。马鹿死的地方在水边，那里长着茂密的赤杨，无论怎么试，德尔苏都找不到一个舒服的姿势，所以他只能右膝跪地，左腿蹬住小溪边的一块石头做支撑，把步枪背在身后，然后准备剥鹿皮。还没割上两刀，德尔苏忽然听到身后除水声外还隐约有窸窣声。他本能地转头想看看情况，于是他就看到了身旁有一只老虎。老虎想要踩到石头上，但是踩空了，一只爪子落到了水里。德尔苏非常清楚，此时他只要稍微动一下就没命了。于是他屏住呼吸，一动也不敢动。老虎斜眼看了看德尔苏，发现是个一动不动的东西，就想继续往前走。但老虎仿佛又觉察到德尔苏既不是树桩，也不是石头，而是一个活物，于是老虎连着两次转头到德尔苏的方向，不断地嗅着空气里的气味。幸运的是，风不是从德尔苏这侧吹向老虎的，而是从老虎那个方向吹向德尔苏的，所以老虎并没有闻到鹿血的气味。老虎爬上了斜坡，碎石和沙子都被它踩得落到了溪水里。刚爬上坡顶，老虎就闻到了人的气味，它背部的毛都炸开了。老虎怒吼着，尾巴来回地抽打着，德尔苏大叫一声，飞快地跳了起来，沿着壕沟拼命跑。老虎扑向地上的死鹿，不断地嗅着。这头死鹿让德尔苏从虎口中逃了出来，他从峡谷里爬出来，继续跑，跑了很长时间，就像是被群狼追赶的狍子一样拼命地跑着。

后来德尔苏想明白了，那头马鹿原本就不属于他，而是属于老虎。这样一来，德尔苏就找到了自己连开六枪都没能打死马鹿的原因。德尔苏感到非常奇怪，为什么他当时就没有想到这一点呢？从那之后，德尔苏再也没去过那些壕沟，那里对他而言是禁地——他已经被老天警告过了。

后来，我和步兵福金躺下睡觉了，德尔苏和张宝睡在外面，他俩还负责看着篝火。

半夜，我醒了，看到月亮周围有一圈红色的光晕，这预示着早晨会特别冷。事实的确如此：黎明前气温下降得很快，水洼里的水也结了冰。张宝和德尔苏醒得早，他们往篝火里又添了柴，煮好了茶之后才把我和福金叫醒。

乌鸦真的是一种特别聪明的鸟，它们居然能快速地发现哪里有肉。阳光刚一照到山顶上，我们的宿营地附近就飞来了几只乌鸦。这几只乌鸦大声地叫着，从一棵树上飞到另一棵树上。有一只乌鸦落在了离我们特别近的地方，哑哑地叫开了。

“哎呀，你这可恶的家伙！等着，我现在就把你打下来！”步兵福金说着就要拿枪。

“别，不要开枪，”德尔苏拦住福金 接着说道，“它也不碍事，乌鸦也想吃东西，它来这是看人在不在。人在，它就飞走；我们走了，它就跳到地上，我们剩下的，它吃。”

仿佛要证明德尔苏的话是正确的似的，乌鸦从树上飞走了。福金也认为德尔苏说得有道理，于是把枪放回了原位，也不再骂乌鸦了，尽管乌鸦们又飞到了他的跟前，比上一次更近。

德尔苏的想法和做法毫无疑问是正确的。看见乌鸦落在树上就要把它打下来，这样的习俗实际上是猎人们都会做的一个残忍的游戏。甚至是非常有教养的人，有时候也会用这种方式来消遣。他们将子弹射向乌鸦，只因为它们和瓶子一样，是非常好的靶子。

乌鸦其实是一种益鸟。它们吃原始森林里动物的尸体，吃被冲到河岸上的死鱼、死蛤蜊，还会清理掉人类的生活垃圾。乌鸦是不可替代的“卫生员”，它们对自然资源的循环利用起着重要作用。如果没有乌鸦，水也许就会被动物的尸体污染。乌鸦给国民经济造成的损失相对于它们给人类带来的好处，其实并不大。

在这个宿营地之后，张宝和步兵福金就该按原路返回了，我和德尔苏将继续前进。

阿姆古河河谷在宿营地附近变窄，河道上的石滩多了起来，两边的山上开始出现岩堆和大块的火烧迹地。到了下游，河谷里的森林才茂密起来，以阔叶树种为主，中间夹着不少针叶树。

在距离海岸线大约 20 俄里的地方，阿姆古河又分成两条水道。其中较大的一条从西侧绕过卡尔图山，另一条则继续向南流。我们曾两次涉水过河，然后在右侧上了岸。

再往前走，河谷变成了峡谷，峡谷两侧有一些形态各异的山岩，外力的侵蚀使它们趋于破碎。一块巨石的脱落有时会引起连锁反应，于是大量夹杂着枯枝断木的碎石就会滚落进河谷。这也是乌德盖人把这里视为禁忌之地，并称之为“恶灵之巢”的原因。

我和德尔苏边走边聊着打猎的话题，忽然他示意我不要动，我俩就停下了脚步开始听声。隐约有声音从远处传来，像是从地下传来的，又有点像是远处传来的雷声。

“有瀑布！”德尔苏用手指着河的方向说道。

我朝德尔苏手指的方向看去，只见水上浮着白色的泡沫。我们加快了脚步，半小时后果然发现了瀑布。阿姆古河瀑布，是我见过的最美的瀑布。河水流过一个上部向内凹陷的狭窄通道，就像流淌在一个大管子里，部分河水从管子“断裂”处涌出，形成了落差4俄丈的瀑布。通道处的岩石为红褐色的海绿石以及密度非常高的石灰石。瀑布下方，水潭里的水如碧玉般翠绿。阳光、瀑布雪白的水幕、碧绿的潭水、红褐色的山岩以及山岩上斑驳的地衣和翠绿的苔藓共同绘成了一幅绝美的图画。下落的冲击力使瀑布下方的水产生了反作用力，经年累月的冲刷，在地面上形成了一个锅底状的凹陷。人在水潭边，甚至能感觉到脚下的地在颤动。

我站在水潭边，忽然闻到了烟的味道。转过身，就看见德尔苏正在点篝火。点着火后，德尔苏就开始解背囊上的绳子。我以为德尔苏想在这里宿营，就对他说可以再走一段然后宿营，德尔苏同意了，但依旧继续解着背囊上的绳子，解开后，他从背囊里找出了一块糖、两盒火柴、一小块面包和一片烟叶。他用一只手拿着这些东西，另一只手从篝火里拾起一小块燃烧着的木炭，嘴里念念有词地说着什么。他的表情很严肃，眼睛看着地面。因为瀑布的水声，我听不清他在说什么。过了一小会儿，德尔苏走到水潭边，把手里的东西都扔进了水中。

“你干什么呢？”我问道。

“遇上这事我们都这么办，”德尔苏一边回答，一边用手指着瀑布说，“这里的鬼总是轰隆轰隆的，要把鬼赶跑。”

听了德尔苏的话，我忽然觉得瀑布有点吓人，仿佛它是有魔力的，仿佛瀑布里有某种活物，某种强大的自然力。在德尔苏——

一个以为“万物有灵”的人的心中，瀑布的形象居然是这样的！

然后德尔苏就不说话了，他开始收拾自己的背囊。因为想让德尔苏知道我也赞同他的说法，于是我也顺手拿起了一块鱼干，又从篝火里拾起来一块木炭，走到水潭边准备扔进去。德尔苏看到了，急忙跑了过来，连连对我摆着手，看起来有点惊慌失措。我明白了，他是不让我这样做。

“不可以，上尉，不可以的！”他慌忙地说道。

我把手里的鱼干和木炭交给了德尔苏。他把木炭扔进了火堆里，把鱼干扔到了树林里。然后，他背上了背囊，我们就往前走了。路上我问德尔苏，为什么他不让我把鱼干和木炭扔进水里。德尔苏告诉我，只能往水里扔水中没有的东西，同样，也只能往树林里扔陆地上没有的东西。所以，烟叶可以扔进水里，鱼干可以扔到地上，水里可以扔一点火，所以可以扔一小块燃烧着的木炭。绝对不可以用水浇火，也绝对不能往水里扔大块的木炭。如果有人这样做，就会惹怒水和火。听完德尔苏的解释，我决定以后再也不参与这类事了，以免弄巧成拙，给我们两个人带来厄运。离开瀑布，又走了大约半俄里，我们开始找地方宿营。

第二天是 10 月 7 日，我醒来的时候德尔苏早已经起来了。我睡得太久了，德尔苏都已经捆好了背囊，就等着我醒了起程。

“你怎么不叫醒我呢？”我问道。

德尔苏回答说，今天要爬几座高山，体力会比平时消耗大，为了积蓄力量，必须得睡好。

出发前我看了一眼手里的气压表，显示我们所处位置的高度是1505俄尺。天气温暖，无风。我们从宿营地出发，直接就开始爬卡尔图山，卡尔图山的走向是东北—西南向。越往上走，视线就越开阔。周围视线可及的山上，不要说森林，就连一棵小树，甚至连一棵枯树都没有。濯濯童山，好不凄凉。跟森林一起消失的还有灌木，甚至连苔藓也都消失了。地表裸露着的，薄薄的、脆弱的植被层都被雨水冲跑了。放眼望去，到处都是一样的单调与晦暗——灰色的山峰，灰色的岩堆。卡尔图山是一座没有生命也没有水的荒山。

我们登上的第一座山峰的高度是2980俄尺。在山顶稍做休息后，我们继续前进。第二座山峰的大小与第一座相近，高度为3080俄尺。但由于爬第二座山峰之前，我们先下到了山口处，所以感觉它比第一座山峰高了很多。登顶第三座山峰后，我测了一下它的高度，气压表上显示的高度是3330俄尺。

我看了看表，时间正好是正午十二点。也就是说，三个半小时我们仅“拿下了”三座山峰。要想登上主峰，还要往前走。

忽然我看见了一株上冻的越橘，正巧口渴得厉害，所以我立刻贪婪地吃起了越橘果。德尔苏好奇地看着我。

“它姓什么？”德尔苏摘了几粒越橘果问道。

“越橘。”我回答道。

“你知道，它可以吃？”德尔苏追问道。

“可以吃啊，难道你不知道？”我回答道。

德尔苏回答说，他经常能看见这种果子，但一直不知道它是可以吃的。

附近的越橘果特别多，周围一片火红。我们边采越橘果，边一点一点地往前走，不知不觉就又登上了一座山峰，它的高度是4235俄尺。我们在山顶第一次看到了雪，雪深足有半俄尺。

根据旧教徒的记载，1907年锡霍特－阿林山脉的第一场雪是9月20日下的，卡尔图山的第一场雪是10月3日下的，而且雪下过后没有融化。10月7日，雪线降到了海拔4200俄尺。

我们在第三座山峰所在的位置转向南方，开始攀登高度为4970俄尺的第四座山峰。这次攀登非常艰难，登山过程中时不时就要吃点雪解渴。

卡尔图山的东坡非常陡，西坡则相对平缓。这里非常适合观察山体破碎的过程。常年有碎石从山上滚下来，慢慢地在山谷里堆积，一点一点地蚕食掉谷地中肥沃的土壤和刚长出来的植被。另一个对此地植被造成灭顶危害的是火灾。

无论怎么努力，这一天我们都没能登上主峰。太阳下山后，就会立刻刮起凛冽的西北风，所以我们必须考虑宿营地的问题。我们从山脊沿西坡往山下走，想在途中找一个合适的位置宿营。选择宿营地需要考虑三个问题：附近要有水源，要有木柴，选的位置还要背风。幸运的是，我们很快就找到了完全符合这三个条件的地方。离山顶1俄里的位置，有一片偃松林。我们钻进了偃松林，来到了林子的正中央，这个位置实在是太好了。我们可以煮雪水，偃松林中有不少干枝，我和德尔苏拾了很多柴，点着了篝火，在背风面搭起了帐篷，并把松枝垫在身下，再盖上羊皮。

寒冷的月夜——德尔苏对天气的判断是正确的。太阳刚一落，就立刻刮起了刺骨的风。风吹着偃松的枝叶，吹旺了篝火。帐篷被吹得鼓起来了，我非常担心风会把帐篷拔起来。

一轮圆月照着大地，雪愈发得晶莹起来。在月色和白雪的映衬下，卡尔图山显得更荒凉了。

白天实在太累了，所以我们在篝火边坐了一会儿，就早早地躺下睡觉了。

早上，我睁开眼睛，映入眼帘的居然是雾，原来是下雪了。还好我们昨天明确了行进的方向，今天可以按正确方向直接从宿营地出发。

喝了茶，吃了点面包干，我们开始登卡尔图山的主峰。从海面上看见这座山峰的海员们给它取了个名字，叫“阿姆古秃山”。不知道是因为一夜安睡后恢复了体力，还是因为下雪天着急赶路，我们很快就爬到了主峰的峰顶，高度为 5460 俄尺。

阿姆古秃山是古鲁姆别河的发源地。旧教徒测量的结果表明，古鲁姆别河的长度为 45 ~ 50 俄里。与阿姆古河一样，古鲁姆别河也多曲折迂回，只是它们的流向不同，古鲁姆别河向南，偏东南的方向流淌。

我们下到 4200 俄尺高度的时候，雪变成了雨，这让我们非常难受，但除了忍耐，也没有别的办法。

穿越了大约 5 俄里的火烧迹地之后，我们终于看到了真正的树林。海岸附近有一条狭长的林带，主要的树种有桦树、冷杉和落叶松。

快到中午时，雨下大了。秋雨与夏季的雨完全不同，被秋雨淋了，很容易受凉得病。我和德尔苏冻得全身发抖，只能提前找地方宿营。我们这次比较幸运，发现了一个树皮搭的棚子。从搭建的方式还有散落在里面的物品可以判断出，棚子的主人是朝鲜族人。我们简单地整理了一下棚子，然后就开始拾柴点火烘烤衣服。

下午四点左右，雨停了。乌云也开始散去，白雪覆盖的卡尔图山出现在我们的眼前。

太阳落山了，西边的天空被晚霞染得火红。过了一会儿，月亮升起来了，月亮周围浓重的红色光晕表明，明天又会是个雨天。

晚上，我把一天的所见记录下来，德尔苏则用铁签子烤驼鹿肉。吃晚饭的时候，我把一小块烤肉扔进了篝火里，德尔苏急忙把肉拣了出来，然后扔到了旁边。

“你怎么把肉往火里扔？”德尔苏不太满意地问道，然后又说道，“烤熟的肉不能白白地浪费掉，明天，我们走了，别人会来，可以留给他们吃，把肉扔火里，那就糟蹋了。”

“谁会到这里来？”我一头雾水地问道。

“老鼠来，老鼠要是不来，那么蚂蚁也会来，森林里人很多。”德尔苏回答道。

我终于理解了德尔苏，他不仅关心人类，他也关心动物，甚至是微小到蚂蚁的动物。他热爱他生活的原始森林，热爱森林里的所有生灵，他尽一切可能关心着原始森林。

后来，我们又聊到了打猎，聊到了偷猎者和森林火灾。德尔苏说出的话，让我深刻地体会到，在保护自然、合理利用自然资源这方面，我面前的这位“野蛮人”的观点比很多号称有文化的、文明的欧洲人要先进很多。

我和德尔苏聊着天，不知不觉就到了半夜。终于，他开始打瞌睡。我合上笔记本，裹紧毯子，然后在篝火边躺下，很快就进入了梦乡。睡梦中，我听到德尔苏给篝火添了柴，还感觉到他用自己的帐篷布把我罩住。

XII. 艰难穿越古鲁姆别河河谷

黎明时分，气温急剧下降，下过雨的地面被冻上了，踩上去就会发出嘎吱嘎吱的声音。河面上雾气蒸腾，这说明河水的温度比空气的温度要高。出发之前，我检查了一下，看看还有多少吃的。面包还够吃两天。我并不担心会没吃的，因为在我的印象中，这里离海边的距离并不远，而且按之前的约定，乌德盖人萨列和步兵们会带着食物在王兴砬子附近接应我们。

一夜过去，我们的湿鞋已经干透了。太阳升起的时候，我和德尔苏穿戴整齐，精神抖擞地出发了。

古鲁姆别河河谷是我见过的最典型的剥蚀型河谷地貌。流淌在群山之间，古鲁姆别河迂回曲折，几步就一遇的悬崖，仿佛是山故意给河水设置的障碍，但河水最终还是克服了所有障碍，一路奔向大海。

周围的山几乎没有森林覆盖，只是在河两侧才能见到树林，仿佛是给河镶上了两道花边。

河谷里根本没有路。因为不想涉水，所以一开始我们曾试着沿一侧的河岸走，但很快就证明，不涉水是不可能的。眼前横空出现的悬崖让我们只能涉水。过了河之后，我想把湿鞋换下来，但是德尔苏建议我先不要换鞋，他说可以用脚把湿鞋走干。还没走出半俄里，我们又得涉水到右岸去走，然后没走多远又要到左岸走，就这样不断地涉水，从右岸到左岸，再从左岸回右岸。河水很凉，小腿浸在水里，疼得像被老虎钳夹住了一样。

河谷两侧山峦高峻，还有几座峭壁横亘在谷地中间，如果绕行，一方面会耗费太多的时间，差不多要多走四天的路，另一方面，我们带的食物也不够。所以我和德尔苏决定不绕行，希望过了这几座悬崖后，河谷能开阔些。很快我们就绝望了，悬崖一座接着一座，我们只能不断地涉水，一会儿在河这岸，一会儿就要到对岸去。

“呸！”德尔苏嘴里开始嘟囔起来，“咱俩真像水獭，岸上走一小会儿，看，有水，就潜水里，然后，又上岸，又潜水……”

德尔苏的比喻实在是太形象了。水獭真的就是这样走路的。

走啊，走啊，也许是我们已经适应了冷水，也许是因为阳光的照耀，也许两种原因都有，我们感觉涉水仿佛不是那么可恶了，而且水仿佛也不像开始时那么凉了。我也不骂娘了，德尔苏也不嘟囔了。就这样弯弯绕绕地一直走到了中午。在下午快到晚上的时候，我们走进了真正的峡谷，它的长度有200多俄丈。没有别的办法了，我们只能沿着河道一直在水里走。遇到浅滩的时候，我们会上去晒会太阳，然后再下水接着走。终于，我累得走不动了。

天要黑了，也变冷了。我建议德尔苏找地方宿营。我们在两个峭壁之间的一个平缓的岸上找到了适合宿营的位置，这里堆积了很多被河水冲来的浮木，我们爬了上去，第一件事就是点一大堆火，然后开始做晚饭。

晚上，我数了数今天涉水的次数。15 俄里的路程，不算峡谷里走过的浅滩，共涉水 32 次。夜里又起乌云了，黎明前开始时断时续地下小雨。

早上，我们比以往起得早，吃了点东西，喝了茶就出发了。

前 6 俄里的路程，我们多数时候是在水里走。

古鲁姆别河中游的河道异常曲折。河水多次被山崖阻隔，在山脚下冲刷出了很多深坑。此外，河道上还淤积着大量的石头和浮木，不难想象，发洪水的时候，这里会是怎样的一幅惨景。我和德尔苏各掉进坑里一次，爬上来的时候全身都湿透了。

终于，这段狭窄又峭壁纵横的路被我们抛在了身后。河谷两侧山间的距离好像在逐渐增宽，我高兴极了，以为我们终于快要走到海边了，但德尔苏让我看一只鸟，然后告诉我，这种鸟只生活在远离海岸的无人的森林里。他的判断立刻就得到了证实。因为又要开始涉水前进了，而且越往前走，水就越深。路上，我们生了两次火，主要是为了暖和一下身体。

中午十二点左右，我们来到了一座叫“玛法”的山崖前。“玛法”是乌德盖语，意思是“熊”。山崖的外形的确很像一只熊。山崖下有一条刚被踩出的小路，小路穿过古鲁姆别河之后转向了北方。

德尔苏在山崖后面找到了一个废弃的宿营地。根据留下的痕迹，德尔苏判断出我的助手梅尔兹利亚科夫带的那队人，从塔克马河向阿姆古河穿越的途中曾在此处宿营。

如果沿着这条小路走，我们就会到达纳伊那河，那里住着一些朝鲜族人，如果我们不走这条小路，而是一直走，就会到达海边的王兴砬子。通向纳伊那河的路是什么情况，我们一无所知，而且也不清楚这段路要走多长时间。如果往王兴砬子的方向走，那么即使今天到不了海边，最迟明天中午前也能到达。

把剩下的最后一点肉吃完，我们就继续往前走了。下午两点左右，小雨变成了倾盆大雨。我们只好停下来，提前找宿营地，只有搭好帐篷才能躲雨。我冻得全身发抖，手冻僵了，指头无法弯曲，连牙齿都直打战。拾的柴火，仿佛是故意作对一样，都是湿的，特别不好烧。一番忙碌后，终于都弄好了，我们就开始烤衣服。我全身无力，冷得厉害。德尔苏从背囊里找出了最后一块面包干，让我吃点。但我根本就吃不下去。喝了一点茶，我就躺到了火堆边，但怎么都暖和不起来。

半夜的时候，雨终于停了，虽然还有雨滴不断地落下来。

因为担心篝火会灭，德尔苏一夜都没睡。

凌晨三点变天了。天空忽然放晴了，气温急速下降，树枝上的雨滴还没来得及落下就被冻成了冰凌。空气纯净透明，冉冉上升的朝阳让月亮发出了银色的光辉，皎洁得像刚刚梳洗完、准备过节一样。终于，太阳升起来了，冰冷，火红。

早晨起床后，我感到头疼得厉害，依旧在发冷，全身的关节都在疼。德尔苏也抱怨说全身无力。我们已经没有能吃的东西了，也不想吃东西。喝了一点热水，我们又继续赶路了。

走了不远，我们又要涉水了。今天的水特别冷。到了对岸后，我们休息了好一会儿。太阳升到了山顶，阳光让冰冷的空气渐渐地变暖了。

无论怎么努力，我们都避免不了涉水。唯一感到安慰的是，涉水的次数比以前少了很多。又走了大约 5 俄里，古鲁姆别河分叉了，水道之间的位置有一些岛屿，岛上有很多河柳丛。河柳丛里有不少松鸡，我们想打几只松鸡吃，但一只也没打到，乏力加上手抖，根本就没法瞄准。我俩垂头丧气，一前一后地走着，一句话也不说。

忽然，前方好像有个开阔地带。我以为是大海，但没想到，更大的失望在等着我们。我们走到近前才发现，眼前是一大片森林，林子里的树被去年的暴风雪刮倒了很多，也就是我们去年10月20日至22日穿越锡霍特–阿林山脉山口时遇到的那场暴雪。眼前的景象表明，这里曾是去年那场风暴的中心。

正常情况下，我们有两种选择：绕过这片倒木林，或者从岛屿上的河柳丛里穿过。因为无法判断出这片树林的面积，所以我们选择了后者。河道里到处是浮木，所以随处都可以过河到对岸去。这样的路至少持续了 5 俄里。我们走得非常慢，隔一小会就要停下来休息。终于，走过了这段路，又要开始涉水了。在第 23 次涉水后，我数乱了，于是就不再记涉水的次数了。

午后，我们几乎抬不起腿了。我彻底崩溃了，德尔苏也病了。路上我们看见了一头野猪，但哪里还顾得上打猎啊！我们又早早地宿营了。

一找好宿营地，我就倒下起不来了。我一会儿冷，一会儿热，不知道为什么，脸、腿和手都肿了。整个晚上都是德尔苏一个人在忙碌着，我昏睡过去了。我一直梦到一根细细的蛛丝，不停地在我周围绕啊绕，蜘蛛网越来越大，最后变成了一张特别大的网。我还梦见卡尔图山飞快地移动着，来碾压我。我害怕极了，一下子坐起来大喊着。卡尔图山忽然消失了，蜘蛛网又出现了，越来越大，还飞快地旋转着。迷迷糊糊中，我感到有冷水流到了我的头上。

我不知道这种昏睡的状态持续了多长时间，清醒过来时，我发现身上盖着德尔苏的外衣。

刮着风，天上星光闪烁。德尔苏坐在篝火边，满脸倦容，精疲力竭。

原来我昏睡了大半夜，德尔苏一直没睡，照顾我。他把湿布放在我的额头上降温，还把我的脚挪到火边烤火。

我想喝水，德尔苏递给我一杯用草药煮的水，有点甜，但特别难喝。德尔苏固执地让我尽量多喝。然后我们躺在一处，盖着同一个帐篷，都睡着了。

第二天，也就是10月13日。睡醒后，德尔苏的体力恢复了一些，我依旧是全身无力。但这里根本就不适合休息，而且我们一点吃的也没有了，所以我们只好勉强挣扎着起来，继续沿着河往下游走。

河谷越来越开阔，倒木林和火灾迹地都已经被甩在了身后。桦树林、河柳丛和落叶松逐渐取代了云杉、红松和冷杉，林中树的排列也渐渐变得规整起来。

我像喝醉了一样，踉踉跄跄地走着，看得出来，德尔苏也是在强挺着，慢慢地拖着腿走着。左侧前方又出现了几座悬崖，于是我们提前过河到了右岸。古鲁姆别河在这里分成了八道河湾，所以我们感觉轻松了不少。德尔苏想尽一切办法让我打起精神，有时候他开始讲笑话。我从他脸上的表情能看出来，他自己也已经筋疲力尽了。

“海鸥，看，有海鸥！”德尔苏忽然喊了起来，指着空中一闪而过的一只白鸟，“离海不远了！”

就仿佛是要证明德尔苏说的话是正确的似的，我们左转弯后，忽然看见了王兴砬子，就是我们从塔克马河到阿古姆河的路上曾到过的，位于古鲁姆别河河口的王兴砬子！一想到很快可以摆脱痛苦了，我立刻就有了力量。但现在面临的问题是，还得过河，到左岸去，所有的支流在这里又汇成了一条河，且河水很急。有一棵高高的落叶松横倒在河里，随着河水不断地摇晃着。我们借助它过了河，这又花了不少时间。德尔苏先把枪和背囊运过了河，然后又帮我过了河。

终于快到王兴砬子了，我们在橡树林边稍稍休息了一会儿。离海岸还有 1.5 俄里的路。古鲁姆别河在此处转了个急弯，向东南方向流去。我们用最后一丝力气向前挪动着脚步。很快，橡树变得越来越稀疏了，终于，大海出现在了我们的眼前。

艰难之旅马上就要结束了！按计划，步兵们应该会把食物送到这里。我们可以原地休息，直到体力完全恢复。

下午六点左右，我们终于走到了王兴砬子脚下。没想到等待我和德尔苏的是更大的打击——根本就找不到约定好的食物。我们找遍了所有的角落，察看了每一棵倒木，检查了所有的大石头，但都一无所获。现在只剩一种可能了，就是步兵们把食物放到了山崖的另一侧。德尔苏说他翻过山崖去找找看，结果爬到崖顶，看到崖边的那条小路上结满了冰，根本过不去，而且德尔苏站到高处仔细察看了海岸周边的地带，根本就没有任何发现。德尔苏下来后，就把这个不幸的消息告诉了我，但他同时又安慰我说：

“没事的，上尉，海边总能找到吃的。”

我很清楚自己队员的执行力，所以怎么都想不明白，为什么他们没有按计划把食物送来。明天应该想办法翻过王兴砬子，然后沿海岸到纳伊那河附近居住的朝鲜族人那里看看情况。

我和德尔苏来到了海边，我们掀起了一块大石头，石头下有很多小螃蟹，小螃蟹四处爬着，要躲到其他石头下面去。我和德尔苏就开始徒手抓这些小螃蟹，很快就抓到了 20 只，还抓了 2 只蛤蜊和 100 多只小海螺。然后我们就选了一个地方宿营，点起一大堆火。我们直接生吃了蛤蜊和小海螺，又把小螃蟹煮熟吃掉了。虽然根本没有吃饱，但总算感觉不那么饿了。

我已经不发烧了，但依然虚弱无力。德尔苏想明天早起去打猎，因此早早就躺下睡觉了。我在火边坐了很久，一直在烤火。

夜晚晴朗又寒冷，天上的星星特别亮，闪烁的星光映射到了海面上。周围万籁俱寂，甚至连浪涌的声音都没有。半轮红色的月亮升上了天空，仿佛是满怀心事地看着沉睡的大地。山峰高峻，大海无垠，夜空幽远，庄严又宏伟。德尔苏梦中的低语把我从沉思中唤起。

艰险的路途和寒热的折磨耗尽了我的体力，躺到德尔苏旁边，我立刻就睡着了。

天刚破晓，夜的晦暗还在与黎明作斗争，但很明显，夜已经无力阻止朝霞的升起。霞光照亮了平静的海面和荒芜的海岸。

我们的篝火马上就要熄灭了。我叫醒了德尔苏，我们两个人开始一起吹木炭。就在这时，我忽然听到了类似动物嚎叫的声音，一共响了两次。

“是马鹿在叫，”我对德尔苏说，“快去，也许能打到这头马鹿。”

德尔苏开始默默地收拾东西，然后忽然停了下来，想了想，对我说道：

“不是马鹿，这个季节，马鹿不叫。”

就在这时，声音又传了过来。现在我听清楚了，声音是从海面上传来的。不知道为什么，我感觉这声音特别熟悉，但却怎么也想不起来，到底在哪儿听到过这声音。

我背朝大海坐在火堆边，德尔苏坐在我的对面。忽然他跳了起来，伸出手对我说：

“上尉，你快看！”

我转过身，就看见“格罗兹尼”号驱逐舰正从海角那边驶出来。

我和德尔苏不约而同地向空中开了两枪，然后又一起跑到火堆边，把海藻往火堆里扔，火堆的上方立刻腾起了白烟。这时“格罗兹尼”号又鸣了几声汽笛，然后调转方向，朝我们驶来。

几分钟后，我们就登上了“格罗兹尼”号的甲板。舰长P.G.基格尔斯坦特热情地接待了我和德尔苏。原来，“格罗兹尼”号驱逐舰从尚塔尔群岛返航的路上，顺路停靠在阿姆古河河口，舰长P.G.基格尔斯坦特从我的助手A.I.梅尔兹利亚科夫那里得知我已进山考察，然后会返回古鲁姆别河附近的海岸。P.G.基格尔斯坦特又听到住在阿姆古河的旧教徒说，乌德盖人萨列和两名步兵在给我们送食物的途中遇到了暴雨，船撞到石头上坏了，船上的所有物品都掉进了河里。乌德盖人和步兵们已经返回阿姆古河，正准备第二次给运送食物。于是P.G.基格尔斯坦特决定在岸边搜寻一下我们的行踪。驱逐舰在夜里搜寻了塔克马河附近的地区，然后返回，黎明前到达了古鲁姆别河，驱逐舰上拉响了汽笛，让我误以为是马鹿在叫。

P.G.基格尔斯坦特决定用驱逐舰送我们去和队员会和。满桌的菜肴和热茶让我们在不知不觉中就到了阿姆古河。

我的助手A.I.梅尔兹利亚科夫得了风湿关节病，因此请求我允许他离队去符拉迪沃斯托克休假，我同意了，同时还派步兵吉雅科夫和福金同他一起去，然后让他们带着食物和保暖衣物到比金河迎我们。

一小时后，“格罗兹尼”号驱逐舰拔锚准备起航。

我和舰长P.G.基格尔斯坦特还有A.N.别里亲切地告别了，我们已经成了朋友。我站在岸边，看着军舰桥楼上的舰长，他挥动着军帽向我致意，当“格罗兹尼”号驱逐舰渐渐驶出视野，已经看不清军舰上的人的时候，我转过身，回到了旧教徒住的村子。

现在，留在考察队的人员一共有七位：我、德尔苏、张宝、军士扎哈罗夫、步兵阿里宁、图尔特京和萨宾托夫。步兵们都不想回符拉迪沃斯托克，他们自愿跟我一起完成考察，他们都是考察队中最忠诚、最优秀的人员。

XIII. 古松河下游

对古鲁姆别河的考察结束后，我休息了五天，同时也为沿海岸继续北上考察做准备。

冬季即将来临，树木凋零，毫无生机。黄褐色的枯叶像垃圾一样散落在地上，早已失去了昔日的美丽。乌苏里边疆区植被在初秋时节特有的五彩斑斓已无迹可寻。此时，森林里、草地上、海面上、山坡与峰顶上，目光所及之处，都会让人感受到屈从于命运的无奈，感受到那种无法言表的悲伤情感。

冬季考察时，骡子的饲料问题很难解决，因此我把骡子留给在阿姆古河附近居住的旧教徒代为照管到第二年的春季。

10月20日早晨，我们从阿古姆河出发，旧教徒涅费特·切列潘诺夫主动提出送我们去索耶河。

阿古姆河到索耶那河之间有很多小河注入大海，这些小河都没有俄语名字，所有的小河都发源于同一座山脉，当地居住的旧教徒把这座山叫作卡拉明斯基山。该山与海岸线平行，是阿姆古河与这些小河的分水岭。

我们从阿姆古河出发的时间有点晚，因此没走太远就要在索耶恩河过夜。

索耶恩河由两条长 7 ~ 8 俄里的小河组成，分别叫卡卡河和奥高米河，在离海岸 1.5 俄里处两条小河汇流。索耶恩河河口附近有一个不太大但非常深的小河湾，这里有一条狭窄的水道与大海相连。

下午两点左右，我们抵达索耶恩河。海面上刮着大风，呼啸而来的海浪带着泡沫拍到沙滩上。索耶恩河与大海之间有一道浅滩，我在这道浅滩上走着，根本没有意识到危险。忽然，我感觉脚在往下陷，我想要退回去，但根本动不了，太可怕了，我慢慢地陷进了水里……

“有流沙！”我大喊道，吓得声音都变了，然后赶紧用枪支撑住，但枪也在往下陷。

步兵们根本没明白出了什么事，摸不着头脑地看着我的动作。这时，德尔苏和张宝走了过来，他俩见状赶紧来救我。德尔苏把枪架伸了过来，张宝向我脚下扔浮木。我用一只手抓住地上的木头，先拔出了一条腿，然后又拔出了另一条腿，终于，我站到了坚硬的地面上。

据旧教徒切列潘诺夫和张宝说，流沙这种现象在海边很常见。海浪的拍击会使沙层松动，人走上去很危险。但风平浪静的时候，不但人踩上去不会有危险，就连负重的马走上去也没问题。所以，我们现在唯一能做的，就是在海边等风浪平息。

夜里，风浪平息了。第二天早上，果然像切列潘诺夫说的那样，沙滩已变硬了，人走上去连脚印都不会留下。

卡拉明斯基山脉在靠近索耶恩河的位置偏向大陆内部，越向北山越高，在近海处，则变成了一列低矮的山丘，山丘饱受着两侧的河流的冲刷。

小路在距索耶恩大约10俄里的位置开始偏离海岸，经过一个小山口通往维图河——古松河右岸的第一条支流。维图河全长约18俄里，沿海岸线方向自西南向东北流淌。周围山上的树种主要有桦树、橡树和西伯利亚冷杉。

虽然已是深秋，但天气尚且暖和，所以只穿制服也不会觉得冷。早晨已经有霜冻了，但白天的气温还能达到4～5摄氏度。秋季长且温暖是外乌苏里地区的一个典型的气候特征。

这个时节的森林里还有一些候鸟和留鸟。旧教徒们放马的草地上，一些灰色的椋鸟正在枯草丛中觅食，它们看起来欢快又顽皮。再往前走，稀疏的树林里有一只毛色鲜艳的大啄木鸟，这种啄木鸟在这里随处可见，它们羽毛的颜色十分鲜艳。还有一群山雀在飞来飞去，山雀腹部的羽毛是白色的。林中还有很多其他的小型鸟，我只认得其中的一种——白头鹀。按时间来讲，此时白头鹀早就该迁徙了，但也许是因为滨海地区秋季结束得晚、春季来得也晚这一气候特点，所以鸟儿秋季迁徙的时间也推迟了。我还发现一种头上有红色斑点的鸟，不知道是不是朱顶雀。朱顶雀是生活在更北区域的鸟类，这个季节早早地出现在此地，大概是因为外乌苏里地区发生森林火灾后，山里新长出了大量的桦树幼林，可以为它们提供充足的食物。还有一种可能就是，外乌苏里地区的阿姆古河和古松河是朱顶雀分布带最南端的界线。我们还看见了两只大鵟，这是一种猛禽，总爱在空中盘旋飞翔，如果看见人，大鵟就会迎面飞过来，一边大声地叫着，一边在人的头顶上盘旋。

过了山口之后，小路开始进入沼泽遍布的维图河谷地。小路把我们一直带到了一座高耸的绝壁边上，这是早期冲刷作用形成的河边台地。树林和灌木丛都消失了，展现在我们眼前的是开阔的古松河河谷。前方大约一俄里远的地方，能看见几座中式的房子。

漫长的路途中，当眼前突然出现民居，当忽然看见人、马以及狗的时候，真的会让人精神一振。我们的狗跑在最前面，不时地嗅着路两边的灌木丛。很快我们就走到了农田附近，田里的庄稼已经收割完毕，都堆成了垛。忽然我的狗阿里巴做出了发现猎物的姿势。“难道有野鸡？”一个念头闪过，我拿起了枪。

我发现阿里巴特别激动，它不时地回头，仿佛在问我，它是否该继续。我给狗发了一个指令，它开始小心翼翼地前进，仔细地嗅着。从它的动作来看，发现的应该不是野鸡，而是某种其他动物。忽然，有三只鸟同时扑棱棱地飞了起来。我开枪，但是打偏了。鸟飞得非常笨拙，不时地扇动着翅膀，落地时也很笨拙。我观察到，这三只鸟飞进了离我们最近的一座房子的院子里，原来这是三只家鸡。养鸡的人不喂鸡，所以鸡都到田里觅食。田地离房子不近，所以鸡也慢慢地练会了飞的本领。在受到惊吓的时候，鸡不仅会跑，还会借助翅膀，飞起来自救。

这几只鸡和小路把我们带到了乌德盖老人柳勒的家。他们家有九口人，五男四女。

生活在古松河的乌德盖人自己不会种菜，主要雇生活在附近的中国人种菜。

因为想多了解一下古松河的乌德盖人，所以我婉拒了中国人的邀请，选择和乌德盖人住在一起。

第二天，我察看了周边的地区。

古松河，汉语叫古松沟，在马克西莫夫卡海角稍北的地方注入大海。在维图河河口和古松河河口之间有一个长长的河湾，宽达40俄丈的沙石滩将河湾与大海隔开。通常，在海上遇到恶劣天气的中国船只会到这个河湾避风躲雨。以前日本的偷捕船也会出现在这里。

古松河沿山谷的左侧流淌，它只有一条水道，河道两边有很多干涸的河湾，可以起到运河的作用，因此古松河谷地在雨季不会暴发洪水。据乌德盖人讲，这里最近三十年都没有发过洪水。

古松河右岸很高，类似台地，高度约为100俄尺，土质为白黏土，含有黄铁矿硫。当地的乌德盖人还在附近的山里挖到过大块的黑曜石。古松河下游地区缺少美观的植被，树种也比较单一。河边、河中的岛屿上、干涸的河湾里生长着茂密的河柳丛，其间夹杂着不少白杨和赤杨。

所有适合农耕的土地都坐落在古松河的右岸，那里土壤肥沃，土质为淤泥、黑土和砂石混合物。因为土壤肥沃，河的右岸草木茂盛，芦苇能长到9 ~ 10俄尺，除了芦苇，这里还能见到苦艾。

居住在古松河的乌德盖人正处于从渔猎文明向农耕文明过渡的过程中。因地处偏远，所以这里受中国文化的影响较小。正因为如此，我在古松河流域见到了很多在乌苏里边疆区南部见不到的趣事。例如，在一个特别深的池塘旁边，有一棵被刻上花纹的树，这棵树被乌德盖人称为“特洪”。树的身上刻满了花纹，枝条上挂着人、鸟和野兽的形状的偶像。这是土著乌德盖人的禁忌之地，因为他们认为这里住着邪灵“敖戈佐”。

“特洪”树的来历是这样的：据说几年前池塘边有一家乌德盖人，全家共十三口人——三男，三女，还有七个孩子。有一天夜里，三兄弟中的一个人走出房门，听到池塘里有水声，还有动物的喘气声。走到近处，他看到了一头体型巨大、很像北海狮的动物，可是这个池塘既不连着河，也不连着海。这个乌德盖人害怕极了，连忙跑回家。回家一说，大家都说他看见的是鬼。过了不久，孩子们就一个接一个地死了。大人们请了萨满作法，作了将近两天的法事。萨满告诉这家人应该在什么位置放辟邪树，但树并没有起到辟邪的作用。家里还是接二连三地死人。于是，当地人认为鬼住进了这家人的房子里。除了把房子让给鬼，没别的办法了。于是这家人就收拾好了全部财产，搬到乌列沟去了。

萨满的家离这棵刻着花纹的树不远。我根据房子的装饰马上认出了萨满的房子。小路边上，立着四根刻着人脸轮廓的木桩，这是刻的路神。人像的头上有刀，刀是用来杀鬼的。房子旁边的树上，显著的位置挂着一些熊的头骨，还挂着很多木头刻的神像。旁边还有几个倒着埋进土里的树墩，尖锐的根须朝上。树墩上也粗陋地雕出了人脸的轮廓。房门的正对面有一个大的神偶，名字叫“满格尼·谢沃希”，他的手里拿着剑和长枪，神偶旁边是两棵被砍掉枝杈、剥掉几圈树皮的落叶松。

萨满家内部的陈设与普通乌德盖人家的没有任何不同。墙上挂着作法用的铃鼓，还有带摇铃的腰带、带图案的萨满腰裙和镶着熊皮边的木头面具。萨满作法时会戴上面具来威慑鬼。

乌德盖族老人柳勒告诉我，古松河是沿岸地区南部最后一条可以通往比金河的河流，最北面可以通往比金河的是格拉特基角附近的伊金河。从伊金河上游的两个支流可以去比金河或霍尔河。他还告诉我，后乌苏里沿岸地区的秋季很长，而且河流封冻的时间要比分水岭西部地区晚一个月到一个半月。得知这个消息后，我决定先考察沿海岸地区，待河流封冻后再前往锡霍特－阿林山脉。

在古松河的河湾，我们遇到了一位被称为“海把头”的满族老船工。“海把头”这个词的意思相当于俄语中的“海军军士”。海把头有着丰富的航海经验，从小就在日本海闯荡。海把头的父亲是做海味生意的，从童年起父亲就教他熟悉大海。海把头以前在南乌苏里沿岸一带跑船，近些年，在俄国人的打压下他开始往北跑。

海把头想再跑一次萨马尔卡河然后返程。在张宝的劝说下，他同意送我们到海岸。通过协商，明天乌德盖人会先把我们的物品送到古松河河口，傍晚时再把物品搬到海把头的船上。

我们回到住的房子时已经是黄昏了。屋里已经点上了灯。附近的中国人和乌德盖人差不多都来了，人很多，屋子里显得很拥挤。德尔苏告诉我说大家是来祝我们考察成功的，并感谢我把他们当作朋友。中国人带来了白酒、猪肉、面粉和蔬菜，并做好了晚饭。

我没等到聚会结束，就早早地躺下睡觉了。夜里我看见门缝里透过来的灯光，也听到了聊天声，但大家都没有喝醉，也没有吵架的和骂人的。大家都心平气和地聊着天，议论着最近可能会发生的事。

第二天一大早我就起床了，然后立刻开始准备起程。我已经非常了解乌德盖人了，要是没人催促，他们好长时间都集合不起来。果真如此，这些乌德盖人先是修鞋，然后又整理船只，结果快到中午了才出发。

我们在古松河和张宝告别，因为他必须要返回撒哈姆别河。他不想收我给他的钱，还答应我说如果明年我再来这里考察，他还会帮忙。我和张宝握手告别。我往西去，他则要向南走。渡过古松河，我们登上了台地，然后朝离古松河 7 俄里远的塔霍别河前进。

早上的时候气温很低，低到了零下 10 摄氏度，但太阳出来后，气温开始上升，下午一点左右达到了 3 摄氏度。海岸地区秋季天气的特点就是白天暖和，穿一件衬衫就可以，晚上则冷得需要穿毛衣，到了夜里还得再裹上一个毛毯。我命令大家把保暖衣物都装上船走海路运，我们随身只携带白天吃的东西和武器。海把头的船按约定应该会在塔霍别河河口等我们。

XIV. 塔霍别河上的索伦人

塔霍别河河口位于马克西莫夫卡海角与奥林匹克海角之间。塔霍别河最初的位置在河谷左侧，但后来河道改变，原来的河道先是变成了死水湾，最后变成了沼泽地。

塔霍别河下游的河谷中有稀疏的林地，主要树种有榆树、椴树、橡树和黑桦树。谷地稍高处的位置比较开阔，适合居住，这里离海岸的距离大约是 2 俄里。我们在此处见到了一座小房子。我一开始以为房主人是乌德盖人，到了晚上才知道他们其实是索伦人。

他们的外貌与乌苏里地区的乌德盖人几乎没有区别，只是身材好像稍矮些，骨架也比较大。此外，他们的行动更敏捷，性格也更外向。这户人家主要讲汉语，但说话时夹杂着一些索伦语和赫哲语的副词，他们的服装也和乌德盖人的一样，只是不像乌德盖人的那么鲜艳，也少了些装饰的图案。

这户人家一共有十口人，包括老父亲、两个儿子和他们的媳妇，还有五个小孩。

我问他们是怎么到的塔霍别河，他们告诉我，以前他们住在松花江上，为了打猎搬到了注入乌苏里江的诺拉河。后来诺拉河流域来了很多红胡子土匪，清朝派军队来剿匪，这户人家就受到了土匪和官兵的双重迫害，土匪抢劫，官兵则不分青红皂白地打人，所以他们就逃到了比金河，再后来又翻越锡霍特－阿林山脉来到了海边。

接下来的四天，我们准备对塔霍别河和古姆胡河进行考察。

索伦人家的小儿子达采勒尔主动提出来陪我们去考察。他身材结实，很年轻，没留胡子。小伙子很自傲，有点看不起我带的步兵们。我无意中发现达采勒尔走路的姿势非常轻巧，动作灵活又好看。

10 月 23 日早上，我们出发了。

塔霍别河全长约 60 俄里，河水自西向东稍偏东南的方向流淌。河两岸有约 150 俄丈宽的砾石滩，上面满是树皮块和断木。

10 月 24 日，我们到达了塔霍别河的支流巴里河，25 日开始向分水岭前进。这里的山并不险峻，大多是山坡平缓的小火山。

我们沿着河的左岸走。我、德尔苏和达采勒尔走在前面，步兵扎哈罗夫和阿里宁在我们后面大约五十步远的地方跟着。

忽然，一只松鼠出现在一棵倒木上，它正翘着尾巴蹲在树枝上啃食松果。发现我们后，松鼠抱着松果上了树，然后蹲在树上好奇地看着我们。达采勒尔悄悄地走到树下，大喊一声并用力地用手里的棍子敲打树干。松鼠受到了惊吓，扔下了松果，往高处跳去。达采勒尔的目的达到了，他捡起了松果，然后就走了，根本就不在乎松鼠有没有不高兴。松鼠从一根树枝跳到了另一根树枝上，气呼呼地表达着对这种光天化日之下明目张胆的抢劫行为的不满。我们开心地笑着。德尔苏以前根本不知道可以这样“采”松果，现在学会了，后来也实践了。

“你别生气，”德尔苏安慰松鼠说，“我们只会在地上走，我们找不到松果，你往高处看，那里还有好多松果呢！”

说着，他用手指着松树给松鼠看，松鼠好像也真的听明白了他的话，朝松树的方向跳去了。

一整天都雾蒙蒙的。天空布满了卷云，太阳周围出现了“光圈”，“光圈”不断地收缩，最后变成了一个红色的斑点。森林里静悄悄的，但树梢上有风吹过。

看得出来，这让德尔苏和达采勒尔感到了不安。他俩一会儿说几句话，一会儿又看看天。

“不好了，起南风了。”我说道。

“并不是，风是这样走的。”德尔苏拉长声音说道，并用手指了一下东北方。

我感觉德尔苏这次判断错了，刚想反驳，就听德尔苏又喊道：“你看看那只鸟，你看，鸟也在看风呢！”

我看过去，果然有一只乌鸦正蹲在一棵云杉上，头朝东北方看着。这是刮东北风时乌鸦最合理的姿势，这样可以保证让风顺着羽毛的方向吹。刮东北风时，如果乌鸦侧着身子或尾巴迎着风，冷空气就会钻进羽毛，乌鸦就会感到冷。

傍晚前，天空已经布满了乌云，通过地面散发出去的热量减少了，气温从 2 摄氏度上升到了 10 摄氏度，这也不是一个好兆头。

以防万一，我们把帐篷搭得非常牢固，也尽量多准备了一些柴。但我们担心的坏天气并没有来，夜里风平浪静。

早晨，我一睁开眼睛，就先看天。条状的乌云自北向南平铺在天空中。

事不宜迟，必须要赶快出发。我们快速收拾好自己的背囊，向塔霍别河的上游出发。

我原计划这天要到达锡霍特－阿林山脉，但因天气恶劣，预定的计划没能完成。

快到中午的时候，起了大雾。周围的山都变成了阴沉的青黑色。下午四点左右，大雨如注，紧接着雨变成了又湿又黏的雪。幼林和倒木堆之间的小路瞬间变白了，也变得更明显了，远远地就能看到，刺骨的寒风一阵紧似一阵地刮着。

这种情况下必须找地方宿营了。右侧，离河岸不远的地方有一座山崖，看起来很像一座四角带塔楼的城堡的废墟。山崖脚下有一片小桦树林。我觉得这个位置比较适合宿营，于是发出了停下的信号。

步兵们去拾柴，达采勒尔准备去树林里砍搭帐篷用的木头。可是没过几分钟，我就看到他往回跑。他跑到离山崖大约一百步远的地方，站住了，朝山崖上面看了看，再跑远点，又看了看，然后就回到了宿营地，看起来心神不安地跟德尔苏讲着什么。德尔苏也朝山崖的方向看了看，然后啐了一口，把手里的斧子扔到了地上。

随后，德尔苏和达采勒尔就来找我，让我换个地方宿营。我问为什么这里不能宿营，达采勒尔告诉我，刚才他在山崖下砍木头时，山崖上面有鬼朝他扔石头，连扔了两次。德尔苏和达采勒尔强烈要求我离开这里，重新选址宿营。看着他俩满脸惊惶的样子，我同意了，命令步兵们把帐篷搬到离山崖约200俄丈远的河边去。我们在那找到了一个比山崖下更好的位置。

于是，大家立刻忙碌了起来，抱来了柴，点起了一堆堆的篝火。德尔苏和达采勒尔一直在搭一个类似栅栏的东西。他们砍来了很多小树，把树插进土里，又用圆木支住，甚至还拿出自己的毯子盖到了栅栏上。

我问德尔苏，他们做的这是什么。德尔苏回答说，他们做这个，是不想让山崖上的鬼看到宿营地里的情况。我感觉他们的想法很可笑，但因为担心德尔苏会不高兴，我并没有说出来。

我的步兵们待在我旁边，他们根本就不会想到类似“是否有鬼在山上看着他们”这样的问题，他们更感兴趣的是晚饭吃什么。

晚上，天气更差了。大家都挤在帐篷里，喝热茶取暖。

夜里十一点左右，雪忽然下大了，然后一道光划过天空。

“闪电！”步兵们异口同声地喊了起来。

我还没来得及说话，就听到了震耳欲聋的雷声。

雨夹雪伴着阵阵雷声，一直到夜里两点才停。微红色的闪电不时地划过天空。雷声响彻云天，大地和空气仿佛也在颤抖。

雷雨夹雪这种现象太罕见、太新奇了，大家都好奇地看着天空，天空一片漆黑，只有在打闪电的时候才能看见厚厚的乌云正向西南方向移动。

有一个雷特别响。响雷前闪电正好出现在山崖的那个位置。随着雷声响起的还有另一声巨响——塌方的声音。达采勒尔大惊失色，他认为鬼生气了，把山给劈了。于是他又点起了一大堆篝火，然后藏到栅栏后面去了。我看了一眼德尔苏，他不安、惊奇，甚至也有点害怕：山崖上有扔石头的鬼，雷雨夹雪，山塌了。这些事在他的脑中搅成一团，彼此之间仿佛有着某种关联。

“是天神艾恩杜里在驱鬼！”终于，德尔苏满意地说道，然后开始兴高采烈地和达采勒尔说起话来。

雷雨夹雪逐渐减弱，但闪电还不时地像火焰一样划过地平线，电光火石的瞬间，能清楚地看到远处山峦的轮廓，天上厚重的乌云，还有夹着雪花落到地上的雨滴。

远方雷声阵阵，大地和空气因之而颤抖。

喝过热茶后，步兵们躺下睡觉了，我和德尔苏一直坐在篝火边。我向他打听鬼怪和雷雨夹雪的事，他向我一一道来。

“雷的名字叫阿格德，如果鬼在一个地方待了很久，天神艾恩杜里就会下雷雨，这时阿格德就会驱赶鬼。也就是说，哪儿下雷雨，哪儿就有鬼。鬼被赶走后，雷雨就停了，然后就会出现一片祥和的景象：野兽、飞鸟、鱼、青草和昆虫都知道鬼走了，它们重新充满活力、开心快乐了……”

关于雷雨夹雪，德尔苏是这样讲的：以前，只有夏天才会有雷和闪电，冬天的雷雨是俄罗斯人带过来的。冬天下雷雨，他活这么大一共只遇到过三次。

聊着聊着，时间就不知不觉地过去了。

天渐渐地亮了。小火山群，山上的树林，有鬼的那座山崖，还有河边的灌木丛的轮廓都渐渐地从黑暗中显现出来。也许又是一个阴天吧……刚想到这里，一道火红的霞光突然照亮了山后面东方的天际，染红了阴沉的天空。金红色的霞光里，附近的每一簇灌木、树上的每一个枝杈都清晰可见。

朝阳的光影变幻让我看得入了迷。

“老兄，咱们该睡一会儿了。”我回过神来对德尔苏说道，却发现他倚着一棵倒木，躺在篝火边已经睡着了。

等我们醒来的时候，天已经不早了。空中还有乌云，但已经不像夜里那么厚重可怕了。

吃了点东西，喝了热茶，我们继续沿着塔霍别河上行，向锡霍特－阿林山脉进发。

从我们的宿营地出发，到锡霍特－阿林山脉还要再经过一个山口。达采勒尔告诉我这个山口不高。山口的另一侧是比金河的支流梅河，这条河就在锡霍特－阿林山脉的脚下。

我们并没有走达采勒尔说的那条叫作比金河的支流，而是向右转走了阿达泉这条路，因为我计划先到古姆胡河上游的某条支流，然后从那里下山去海边。

黄昏的时候，我们来到了离分水岭不远的地方，在一片茂密的树林里宿营。

晚上，达采勒尔打到了几只松鼠。他先把松鼠肉插在铁签子上，再把铁签子架到插进地上的一根树棍上用篝火烤。后来又把事先取出的松鼠肫整个地放到火上烤，烤变色之后，达采勒尔津津有味地吃了起来。步兵们看到他把松鼠肫整个吃了，都露出了恶心的神情，但是达采勒尔毫不在乎。他说，松鼠是特别干净的动物，只吃坚果或蘑菇，然后达采勒尔还让步兵们也都尝尝，步兵们都拒绝了。

步兵阿里宁去拨火，不小心碰到了达采勒尔正架在火上烤着的松鼠。

松鼠掉了，阿里宁拣了起来，又放回了原来的位置，但放得和达采勒尔不一样，松鼠的头朝下了。达采勒尔急忙又把松鼠头调好了，还说，烤松鼠只能这么烤，否则松鼠会生气，猎人就会打不到猎物。烤鱼的时候，鱼头要向下，鱼尾巴朝上，这些绝对不可以弄错。

10 月 28 日，天气依旧阴沉。山里的小溪虽然还在哗哗流淌，但已经开始显露出即将封冻的征兆，水中随处都能看见冰花，岸边已经上冻，有些地方甚至已经出现了薄冰。

离开宿营地后我们就开始爬山。越往山上走，积雪越多。到了山口附近，积雪已经齐膝了。墨绿色的针叶林戴上了洁白的头巾，仿佛是披着节日的盛装。云杉的枝条被雪压弯了，偶尔有小树枝或松塔从高处落到上面，这时雪就会被震落下来，冰冷的雪雾就会撒落到从树旁走过的人的脸上和身上。

到处都可以感受到冬天的气息。

森林里万籁俱寂。

测量显示，山口的海拔为2900俄尺。

达采勒尔提出要加快前进速度。他对我说，很快就会刮起西北风，如果天气再变坏，我们就会有大麻烦。

山里，如果下过雪后再刮风，就会形成暴风雪。

种种预兆都表明，很快就要刮西北风了。乌云快速地向东方奔涌，而且云越来越薄，越来越透明，甚至透过乌云都能看到太阳的位置。

我接受了达采勒尔的建议，让大家加快脚步。

从山口下行到古姆胡河的山坡非常陡峭，从塔霍别河上山的山坡也同样陡峭。

塔霍别河与古姆胡河分水岭的北坡以针叶林为主，林中有很多倒木。

达采勒尔真的很有先见之明。我们刚到山下，就听到山里起风了，风一阵紧似一阵地向谷地逼来。

我回头望去，雪山已经“冒烟”了，暴风雪来临了。

一道小山泉把我们引到了一个石滩众多、堆积了很多倒木的小河前，这条小河叫草泥河，它从右岸汇入了古姆胡河。

休息了半天，我们在傍晚前走出了倒木堆积的地带，到达了古姆胡河。古姆胡河上游的宽度不超过2俄丈，深度大约2俄尺。

我们依旧是在河边选址宿营。

傍晚时分，天空上的乌云散尽了，夜里应该会很冷。我披上毯子躺到离篝火稍远的地方，想让达采勒尔躺在离火近的位置，因为他的毯子不保暖。夜里三点的时候，我被冻醒了，虽然已经尽力把自己包裹得严实些，可一点用都没有。寒风依旧能钻进来，一会儿吹到了肩膀，一会儿脚下又漏风了，冷得睡不着，我只好起来。

周围一片漆黑，我们的篝火灭了。我拨出几块还没完全燃尽的木炭，开始吹火。吹了能有一分钟，火苗着了起来，也能看见周围的情况了。步兵扎哈罗夫和阿里宁盖着德尔苏的帐篷，德尔苏穿着衣服，坐着睡着了。

去抱柴的时候，我看见达采勒尔睡在另一边离篝火很远的地方，既没盖厚衣服，也没盖毯子。他躺在松针上，就盖一件自己的粗布外衣。我怕他冻坏了，就晃动他的肩膀，但达采勒尔睡得特别沉，我费了好大劲才把他叫醒。他起身，用手抓了抓头发，打了个哈欠，然后又躺到以前的位置上，打起了呼噜。

这些少数民族的人真的特别耐寒。从童年起，应该说一出生，他们就习惯了寒冷的天气。

我在篝火边烤了一会儿火，然后钻到步兵们的帐篷里，这才好好地睡了一觉。

第二天，我们都醒得很早。带的吃的已经快吃完了，所以必须加快前进的速度。我们的早饭是烤松鼠，一点儿剩下的炭火烤面饼，外加一杯热茶。

太阳刚从树林后面升起的时候，我们就出发了。明亮的阳光照耀着白雪覆盖的山顶。

古姆胡河，俄语名字是“库兹涅佐夫河”，发源于锡霍特－阿林山脉，整体流向为东西向，下游向南偏移并在奥林匹克海角附近注入大海。古姆胡河左右两侧各有许多支流，其中流速最快的支流是里果河，流速最平稳的是达格迪河。

值得一提的是，古姆胡河是中国东北植物区系和鄂霍茨克植物区系的分界线。前者为谷地植物区，后者为山地植物区。此时，树叶已经落尽，站在山顶上就可以清晰地辨别出，哪里是阔叶林，哪里是针叶林。因为在这个季节，阔叶林所在的谷地是灰色的，针叶林所在的山地则是墨绿色的。

古姆胡河中游河道的宽度约为 10 俄丈，深度约为 3 俄尺。平均流速在枯水期为每小时 8 俄里。

尽管我们全速前进，但这一天也只是走到了达格迪河，离海岸大约还有 20 俄里的路程。

离终点越近，人就越着急，也就越想尽快结束旅程。但事与愿违，最后一段路我们走得非常不顺利。从古姆胡河河口开始，我们沿着一条河又进山了，然后又是找地方宿营，搭帐篷，捡柴，点火，过夜。大家对最后的旅途还是心存期待，为了第二天能早点醒来，我们都早早地躺下睡觉了。

第二天，东方刚刚露出一抹红色的朝霞，大家就像听到口令了一样，都起来梳洗整理准备上路。我拿起毛巾，去河边洗脸。

周围的一切都还沉浸在黎明之前的静谧之中。河面上的水汽在地上凝成了寒露，晨风吹过树林，雾动之处，对岸的轮廓就显现了出来。宿营地的方向一片寂静，大家都在吃东西补充体力。忽然，我听到岸边的砾石滩上有脚步声。我回头，看到了两个身影，一个高些，另一个稍矮。这是两只驼鹿，一只母鹿，带着一只一岁左右的小鹿。它们走到河边，开始大口地喝水。母鹿摇着头，用牙咬着腰侧的毛，我目不转睛地看着，暗自担心，千万别让步兵们看见这两头鹿啊！忽然，母鹿感觉到了危险，它竖起了大耳朵，认真地朝我们这边看了过来。它的嘴上还滴着水，水珠掉进了河里，水面上泛起一圈圈的涟漪。母鹿的身子抖动了一下，发出了一声清脆的鹿鸣，然后就朝树林里跑去了。这时又刮起了一阵微风，河对岸又隐在了雾中。步兵扎哈罗夫朝鹿开了枪，但打偏了，我心里暗自高兴。

终于，太阳升起来了。雾变成了橙色。透过雾气，可以看见树木和山的轮廓。

半小时后，我们已经走在了小路上，一边走一边开心地聊着。

古姆胡河的下游分成了几条支流，支流之间有几个岛屿。下游的河谷中有两处开阔的空地，比较适合移民。这两处空地被茂密的森林隔开，林中的主要树种有白蜡树、桦树、椴树、黑杨和橡树等。古姆胡河河口附近有一个深达 9 ~ 11 俄尺的大河湾，河湾的左侧是沼泽地，这说明这里曾经是一个濒海湖。

在离海较近的那处空地上，住着旧教徒多尔甘诺夫一家。他们靠压榨当地人来维持自己的生活。我不想和这样欺压穷人的人打交道，于是没作停留，一直向海边前进，想尽快赶到河口附近与海把头会合。海把头在我们从古松河出发的那天就到达了古姆胡河，已经在那儿等了我们快一星期了。

傍晚，步兵们燃起了一大堆篝火。他们都很开心，就像回家了一样。大家都已经习惯了旅行，根本没有感觉到旅途的劳顿。

我们在原地休息了一个昼夜，补充体力，整理物品。

11 月 1 日，这是冬天开始的日子。早上气温下降到了零下 10 摄氏度，还刮起了大风。

无论风从哪个方向吹来，不管是从大陆吹向海洋，还是从海洋吹向大陆，都会经过谷地。当猛烈的西北风经过时，谷地中的树经常会被连根拔起，屋顶也会被掀翻。通常，日出之后风就会停止，下午四点左右会再次起风。

XV. 后乌苏里边疆区的心脏

我们在古姆胡河河口与达采勒尔告别，他按原路返回塔霍别河，我们继续北上，海把头则驾船沿海岸行驶，然后在哈隆古河河口等我们。

尽管气温相当低，但前两天下过的雪却连一点痕迹都没留下。地面上没有解冻的痕迹，雪却消失得无影无踪。这都是极度干燥的西北风的杰作，它吞噬了所有的湿度，竟然使临海的外乌苏里地区有了典型的大陆性气候特征。

我们沿着海岸边的小路前进，小路到古姆胡河附近就到了尽头。再向北，从奥林匹克海角到萨马尔卡河之间的直线距离是150俄里，实际距离230俄里，这段海岸多山且荒无人烟。茂密的针叶林就像厚毛刷一样覆盖在山上，一直延伸到海岸边。奥林匹克海角到达萨马尔卡河的这段距离特别难走，连土著人都会避开。如果乘船走海路，大约半天时间就能从奥林匹克海角到达萨马尔卡河，徒步穿越则最少需要四个昼夜。

这天，我们没走多远就在巴甫科娃河附近宿营了。在宿营地可以清楚地看到岸边大约5俄丈高的台地，河水在台地上冲出了峡谷状的窄槽，沼泽地上的有些地方长着白桦、落叶松和小橡树。

海把头的船只停靠在没有沙洲且有河湾的河口。巴甫科娃河河口不具备这些条件，因此海把头不在这里停船，他打算在索松诺夫海角附近找适合的位置停靠。

早晨开始天气就出奇的好。空气中干燥的尘霾在午后开始越变越多，原本明亮的太阳先是被染成了黄色，然后又变成了橙色，最后变成了红色并一直持续到太阳落山。短暂的黄昏之后，夜幕降临了。大海异常平静，仿佛睡着了似的，连波浪声都消失了。晚上十点左右，月亮出来了，它看起来比平常要大很多，颜色也很红，直到半夜，这轮又大又红的，仿佛是刚刚从地平线后升起来的月亮依旧挂在空中。就连海岸边的悬崖峭壁、山上的森林、孤零零的灌木丛看起来都和平时不太一样。午夜时分，尘霾变得更严重了，肉眼都能看见近处空气中的悬浮物。这些悬浮物绝对不可能是烟，因为闻不到焦味。甚至连声音在空气中的传导都产生了惊人的变化：远处正常的声响传过来后都变得特别响亮，就像喊叫声一样；连草丛中老鼠发出的窸窣声都会吓得人浑身一震，不禁要转过头去看看。我们感觉自己仿佛置身于另一个陌生的世界，头顶的月亮不是月亮，而是某个从未见过的暗淡的星体。周围到处是噪声，有点像打雷，又有点像低沉的爆炸声，还有点像远处某地传来的炮火齐鸣声。声音是从海面的方向传来的，也许，这是我们一生中唯一一次听到的来自地球内部的声音。这种声音让大家害怕极了，德尔苏说，他活这么大，第一次听到这种声音。

这奇特的现象一直持续到黎明前，然后尘霾散去，刮起了凛冽的西北风。

巴甫科娃河附近的海岸有一个小弯，为了抄近路，我们沿着卡缅纳亚河的一条支流上了山，翻过一道高 1460 俄尺的山岭，然后到达哈隆古河，在河口附近与驾船的海把头会合了。

下一步的计划是：海把头先驾船去纳赫塔河等候，我们沿着哈隆古河上行，然后再沿着纳赫塔河下山，与海把头会合后返回海岸。

海把头的船明天黎明就要出发，所以我命令大家前一天晚上就要把各自需要的东西拿下船。

第二天是 11 月 3 日。我第一个醒来，穿好衣服，来到了帐篷外。

一幅奇美的画面映入了我的眼帘：东方朝霞似火，清晨的阳光洒在平静的海面上，像是镀上了一层金辉。另一边，河面上漂着轻纱一样的雾，水面上凫着的野鸭被我的脚步声惊起，鸣叫着飞向沼泽的另一侧。

太阳跃出地平线的那一刻，我正好看见远处海面上的白帆，海把头的船正在航行。

我煮好了茶，叫醒了大家。

饱餐之后，我们收拾好背囊，按照预定的线路出发了。

哈隆古河，乌德盖语叫“哈兰古河”，地图上的名称是“斯维特拉雅河”。该河发源于锡霍特－阿林山脉，全长约 80 俄里，流向为东西向。哈隆古河谷地曾经森林茂密，但后来大都毁于火灾，现在只有上游的一些岛屿上还能见到森林。

这一天我们出发不算早，因此没能走太远。刚出发，德尔苏就说哈隆古河周围没有人定居，也没什么人到这儿来，只是在两年前有几个朝鲜族人来这里捕过貂。

天越来越冷，日平均气温已经降到了零下6.3摄氏度。白天明显变短了。

11月4日早晨，我们都被冻醒了。温度计显示的气温是零下11摄氏度，还刮着大风。

在火边烤了一会儿火，又喝了一点儿热茶之后，我们就出发了。

海岸边和山上到处都是接连不断的火灾迹地。

我们左前方是1324俄尺高的普罗斯卡娅山，当地人把这座山叫作“科雅莫山”。这里是哈隆古河的三条支流普伊姆河、索洛里河和达格迪河的发源地，此外，这里还是哈隆古河流域唯一一处能见到东北马鹿和野猪的地方。

选好宿营地后，扎哈罗夫和阿里宁搭帐篷，我和德尔苏去打猎。河两边能见到一些从火灾中幸存下来的狭长林带，有白杨、赤杨、雪松、河柳、桦树、槭树和落叶松。我们边走边小声地聊着，德尔苏走在我前面，忽然，他做了一个让我停下来的手势。我一开始以为他听到了什么动静，但仔细一看，发现德尔苏正踮着脚，探着身子，左右来回地嗅着。

“有气味，这有人。”德尔苏悄声说道。

“是些什么人？”我问道。

“是野猪，我找到的气味是野猪。”德尔苏回答道。

无论怎么努力，我都闻不到任何气味。德尔苏小心翼翼地向右前方移动着，时不时就停下脚步，仔细闻闻气味。我们就这样走了大约一百五十步，忽然，有个东西向旁边猛地一窜，原来是一头野猪带着一头半岁大小的猪崽，还有另外几头野猪也向四处奔去。我开了一枪，打中了那头猪崽。

在回宿营地的路上，我问德尔苏为什么不开枪打野猪。德尔苏说他没看见野猪，只是在野猪跑的时候，听到树林里有声音。德尔苏很不开心，他大声地骂着人，然后忽然摘下了帽子，开始用拳头捶自己的脑袋。我开玩笑说，德尔苏的鼻子比眼睛好用。

我打到的猪崽重量大约有1.5普特，这头猪崽打得太是时候了。晚上我们就大快朵颐地享受鲜美的野味了，大家都很开心，不停地说笑着，只有德尔苏兴致不高。他不停地叹气，出声地质问自己，怎么就没看见野猪呢？

吃过晚饭后，步兵们轮流把剩下的野猪肉放在火上烤成肉干，我则开始写旅行日记。

11月5日的早上又降温了，气温达到了零下14摄氏度。天空晴朗无云，阳光虽然明媚，却没有多少暖意。寒冷的天气让大家精神一振，神清气爽。路上我们过了两次河，哈隆古河在此地的宽度大约有3俄丈，河道上有多处被倒木淤堵的地方。

此时我们的队伍中已经没有向导了，因此只能按照达采勒尔离开前告诉我们的记号走。周围的山和河看起来都是一样的，所以一不小心就有可能走错路。这是我最担心的。可德尔苏却觉得这没什么，他习惯了在森林里生活，所以无法想象除森林之外的其他环境。对他而言，在这里还是在其他地方过夜是没有任何区别的。

按照达采勒尔的说法，过了吉格达姆古河后，我们找到了第二个无名山泉并在附近宿营过夜。顺着这个山泉走，我们应该就能到达通往纳赫塔河的山口。

夜里，我睡得特别不安稳。也不知道为什么，我总是担心我们走错了路。万一我们找到的不是达采勒尔说的那个山泉，那就会迷路。我辗转难眠，后来干脆起身到篝火边看看。德尔苏在火堆边，坐着睡着了，我们的两条狗趴在他旁边。一条狗可能是做梦了，睡梦中小声地叫着，德尔苏也在说梦话。可能是听到了我的脚步声，德尔苏半睡半醒地大声问了句“什么人”，然后又睡着了。

夜幕笼罩，幽暗的天空繁星点点，发出五颜六色的光，一道宽阔的银河横跨在星空中。河对岸的森林像一堵墙一样，无声地伫立着。周围是那么的宁静……我在火堆边坐了半小时左右，感到心里平静了，然后就进了帐篷，裹上毯子睡着了。第二天早上待我醒来的时候，大家都在收拾东西准备上路了。太阳刚刚从地平线上升起，阳光照着周围的山顶。

出了宿营地我们就立刻开始爬山。走到第一个山口，我们就看见了比亚河的河谷，谷地的另一侧是有几座秃峰的山脉，再后面是一座覆盖着白雪的山脉，纳赫塔河河谷应该就在这两座山的后面。

我们在登山的路上遇到了很多小河，它们应该是比亚河的支流。没有向导的感觉真的是太糟糕了，我们只能像瞎子一样摸索着走。

傍晚前，我们来到了一条河边，第二天下午两点前，我们到达了第三个山口。

第三个山口虽然不很陡峭，但爬上去仍然花费了不少时间。山脚下有一片混交林，越往山上走，树林越稀疏，树种也越杂。随着高度的增加，阔叶林渐渐地被针叶林取代，然后依次是灌木、杂生的草丛、苔藓和地衣。

越往山上走，积雪越厚。看到前方有一道光线，我非常开心，以为快到山顶了。但走到跟前才知道高兴得太早了，原来是一片偃松。还好，偃松林的面积不大，穿过偃松林我们就来到了光秃秃的、没有任何植被的山顶。我看了一眼气压表，此时的高度是2473俄尺。

站在山顶环顾四周，壮美的景色尽收眼底。西北方能看到从纳赫塔河通往比金河的山口以及山口附近的沼泽低地。另一边，目光的尽头山峦叠起，像巨大的波浪一直向北延伸，最后消失在雾霭中。山顶上的积雪，像雪白的浪尖一样美丽。纳赫塔河就在东北方。南方，远处是蔚蓝的大海。

山顶寒风刺骨，所以我们匆匆欣赏了一下周围的美景后就不得不下山。越往下走，积雪越少。走到苔原带时，上了冻的苔藓在我们的脚下窸窣作响，被踩皱的苔藓紧贴到了地面上。

我走在最前面，德尔苏在最后面。忽然，他跑着超过我，然后开始仔细地观察地面。这时，我才发现我们前进方向的地上有人的脚印。

“是什么人的脚印？” 我问德尔苏。

“脚小，不是俄罗斯人，不是中国人，也不是朝鲜族人，”德尔苏回答道，然后又补充道，“这是温特[1]，鞋尖朝上的，这人刚走不久，我想，我们很快就能追上他。”

德尔苏还发现了一些我们根本就发现不了的痕迹，根据这些他得出结论：脚印是一个乌德盖捕貂人留下的。德尔苏还判断出这个乌德盖人带着棍子、斧子、捕貂用的网。根据脚印的步态，这是一个年轻人。德尔苏还说，这个年轻人在森林里一直朝前走，而且避开了矮树丛，尽量挑开阔的地方走，这应该是打猎归来往宿营地走。我们商量了一下后，决定跟着脚印走，反正我们也要走这个方向。

我们走出了树林，前面都是火烧迹地。又走了大约一小时，忽然德尔苏站住了，说闻到了烟味。的确，继续走了大约十分钟，我们来到了一条小河边，然后看到了河边有个棚子，棚子旁边还有一堆篝火。

走到离棚子大约一百步远的地方，一个手拿猎枪的人从棚子里走了出来。这是乌德盖人扬谢里，他住在纳赫塔河，此时他刚打猎回来，正准备做午饭。扬谢里的背囊就放在地上，果然和德尔苏说的一样，背囊上挂着棍子、斧子和枪。

1　温特，一种软底皮靴，分冬夏穿的两种。——译者注

我很好奇，德尔苏怎么知道扬谢里带了捕貂网。德尔苏回答说，他在路上发现一棵花楸树被砍掉了一根枝，旁边的地上扔了一个坏掉的、捕貂网上的小环。看来，砍花楸树树枝是为了安新环。说完，德尔苏问扬谢里，他是不是带了捕貂网。扬谢里没说话，从背囊里找出捕貂网递给了德尔苏。捕貂网的中部，恰好有一个小环是新换的。

问过扬谢里后我们才知道，我们现在所处的位置是达格迪河，这条河通往纳赫塔河。我们提出请扬谢里做我们的向导，劝说了一阵他才答应。对他最有诱惑力的不是我给他多少钱，而是我答应到海岸后给他一些伯丹枪的子弹。

路上，我开始向扬谢里打听，遇到他之前我们走过的地方都叫什么名字。

XVI. 纳赫塔河河谷

纳赫塔河，乌德盖语叫“纳赫图河”或“纳科塔纳河”，地形测绘员们把它标记为“列别杰娃河”。纳赫塔河与哈隆古河一样，都发源于锡霍特－阿林山脉，而且在水量上也与哈隆古河大致相同。纳赫塔河的上游由两条支流组成，分别是依基尼河和达格迪河，在流向海洋的途中两条河汇合到一起。汇流之前，依基尼河和达格迪河之间是险峻的山地，较高的山峰是阿运山和迪奥卡尼山。达格迪河河口到锡霍特－阿林山脉的路程是三天。

达格迪河右侧的森林都已毁于山火。左侧的山地覆盖着针叶林，谷地上交替分布着火灾迹地、混交林和针叶林。

连日持续低温，达格迪河沿岸的水面已经结冰，这让我们的旅途轻松了许多。因为所有的小支流都已封冻，我们可以直接从冰面上穿过去，尽快到达达格迪河与依基尼河汇合的地方，这让我们少绕了不少路。达格迪河与依基尼河汇合之后，开始被称为纳赫塔河。

连续两天都刮着西北风。被吹断的大树枝就像尘埃一样在空中随风浮沉。11 月 6 日傍晚前，风忽然停了。已经习惯了风声呼啸，忽然来临的寂静让大家不由得疑惑了起来。

扬谢里在河里捕到了一条鲑鱼，这种鱼在外乌苏里地区被称为“鳟鱼”。这条鱼让我们美美地饱餐了一顿。晚饭后，喝足了热茶，我们早早地就躺下睡觉了，让两条狗守护宿营地。

清晨，天空布满了乌云。我跟德尔苏学会了看云识天气。根据云的形态，我大致可以知道，这个季节如果在无风的情况下天空出现碎层云，且云层在空中呈条状排列，就有很大的概率会刮风，无风状态持续的时间越长，即将来临的风力就越强。

为了路上不中途停下来吃东西，大家早饭都吃得很饱，九点左右，我们从宿营地出发了。

依基尼河与达格迪河汇流成纳赫塔河之后，河道变得蜿蜒曲折，但由于请到了一位非常有经验的向导，他可以带着我们走捷径，所以我们向前推进的速度相当快。

午后，扬谢里带着我们走位于河边捕貂陷阱附近的小路。我问扬谢里，在这里捕貂的都是什么人。他告诉我，从很久以前这里就是乌德盖人蒙恩古力的地盘，也许，我们一会儿就能见到蒙恩古力本人。果然，走了大约 2 俄里后，我们就见到一个人站在一个陷阱旁仔细地察看着什么。这个人发现有人从锡霍特－阿林山脉的方向走来，一开始显得很害怕，但是看到和我们在一起的扬谢里后，就立刻放松了防备。像往常一样，遇到人的时候大家都停下了脚步，步兵们开始抽烟，德尔苏、扬谢里和蒙恩古力三个人开始亲热地聊了起来。

“出什么事了？”我问德尔苏。

“捕到的紫貂被人偷走了。”德尔苏回答道。

据蒙恩古力讲，两天前一个中国人路过陷阱的时候，把捕到的紫貂拿走了，然后又把陷阱恢复成了原样。我提醒他说，有可能陷阱根本就没捕到紫貂。但是蒙恩古力让我看了看陷阱里的血迹，有血迹说明这个陷阱是捕到了猎物的。

“那有没有可能捕到的不是紫貂，而是松鼠呢？”我又追问道。

“不可能，陷阱的圆木压住紫貂时，它会咬这块木板，上面的牙印就是紫貂的。”蒙恩古力解释道。

但我还是不明白，为什么他断定偷貂的是中国人。蒙恩古力告诉我，偷走他猎物的那个人穿着中式的靰鞡鞋，这种鞋的后跟上会有两个钉子，而这个人左脚的鞋后跟上缺了一个钉子。

这样一解释，就很有说服力了。

休息片刻后，我们就继续赶路了，下午五点左右，我们到达了霍德河河口并在这里宿营。

晚上，坐在篝火边，我终于可以仔细打量一下新认识的两位乌德盖人：扬谢里和蒙恩古力。这两位在纳赫塔河附近生活的乌德盖人身材都不高，体型枯瘦，脸形椭圆，颧骨突出，鼻梁很矮，眼睛是棕色的，眼距较宽，内眼角有蒙古褶，嘴大，牙齿不齐，四肢也较短小。

考察队的队员们一边看着他们脚上穿的鞋尖向上翘起的驼鹿皮靴子，一边说着“太小了，简直就是小孩穿的”。

乌德盖人的皮肤接近橄榄色，稍有一点黄。夏季阳光暴晒后，他们的皮肤颜色呈暗红色，很像美洲的印第安人，再配上花花绿绿的民族服饰，给人的感觉更像是印第安人了。乌德盖人留长发，头发又黑又直，编成两个短麻花辫，对折后用红头绳紧紧地缠好，垂在肩膀前。为了防止弯腰时辫子前移碍事，乌德盖人会用缀有玻璃珠和贝壳的特殊发带把两根辫子连在一起置于后脑。

纳赫塔河流域的乌德盖人上身会穿两件布的长衬衣，外罩一件类似麂皮的、用薄马鹿皮精心缝制的长外衣。长外衣的右肩和腰部有扣子，腰部收紧，下摆松散，手腕处的衣袖用特制的袖套收紧。下身穿的裤子较短，膝盖处戴护膝，护膝用系在腰带上的细皮带绑牢。头上戴着可以护住背部和肩膀的白色风帽，风帽外还戴着一顶用立起来的松鼠尾巴外加几根红绳拴着的流苏做装饰的小帽。

乌德盖人的服饰从头到脚、从前到后都镶着彩带，还装饰有很多红色的图案，图案一般是螺旋圈、鱼纹图案以及鸟兽图案。

乌德盖人还特别钟爱金属饰品，特别是金属制的手镯和戒指。有些乌德盖族的老年男子还戴耳环，不过年轻人现在已经没有这个习惯了。每个乌德盖男子的腰间都会佩戴两把刀，一把是普通的猎刀，另一把是小巧的弯刀。这把小弯刀被乌德盖人用到了极致，它既可以当锥子用，又可以当刨子用，还可以当小型钻孔器和凿子用。总之，它可以代替所有的工具。

我们一直聊到了半夜。该睡觉了，两个乌德盖人负责守护宿营地，我挨着德尔苏躺下，背对着篝火，很快就进入了梦乡。

次日一大早我们就从宿营地出发，沿着河右岸的小路前进。

最近两天的天气不仅冷，还有风。河上很多地方都已经结冻，冰面像是连接河两岸的天然桥梁，任我们自由穿行。

在距离海岸 10 俄里左右的地方，森林消失了，取而代之的是一片片开阔的空地。我们在最后一片空地上看见了三座乌德盖人的房子。

纳赫塔河的乌德盖人住中式房子的时间并不长，几年前他们都住毡屋。每栋房子的旁边都有小菜园，乌德盖人雇中国人打理这些菜园，同时，他们也是乌德盖人皮毛买卖的合伙人。

从与扬谢里和蒙恩古力的交谈中，我还知道了纳赫塔河是中国人影响范围的最北界线，这里一共有五个中国人，四个一直住在纳赫塔河，还有一个是从古松河搬过来的。

从房子所在的位置到海边还有不到 8 俄里的路。我们走的小路在最后一座房子旁分岔了，我派步兵阿里宁走左侧的岔路，其他人则一直朝河岸的方向走。很快阿里宁就回来报告说，他在河柳丛里发现了一只躺着“海神”的小船。我原想让他自己收藏好他找到的“海神”，但后来还是决定亲自去看看。走到阿里宁所说的地方，我才发现他说的“海神”原来是一具放在小棺材里的婴儿尸体。尸体失水后变成了木乃伊。原来这里是一片墓地。一些棺材摆放在矮木桩上，上面还有棚子遮着，还有一些棺材被塞进河柳的树干之间。破碎的小船、坏掉的雪橇、破渔网、船桨还有鱼叉散落在墓地里。

我原想打开一口棺材看看，但忽然听到有人声，而且来人正朝这边走，我就迎了过去。不一会儿，我就看见两个乌德盖人从灌木丛里走了出来，他们是刚从叶金河过来的。

这两个乌德盖人给我们带来了一个特别不好的消息：海把头的船于 11 月 4 日从哈隆古河起航后到现在音信全无。

我想起来，那天的风特别大。我们刚认识的两个乌德盖人中有一个人叫布谷伊。他告诉我，他看见海上有一条船与风浪搏斗，然后被风吹得离岸越来越远，但他也不知道，那是不是海把头的船。

对我们来说，这简直是一个天大的噩耗。我们全部的财产、保暖衣物、鞋子还有食物都在海把头的船上。我们随身只带了轻便的秋装、一双软底温特鞋、毯子、毛巾、一幅可以搭帐篷的布、武器、子弹和一点吃的。虽然我知道北边叶金河附近有乌德盖人，但到他们那里不仅路远，而且他们也都很穷，根本无法保障整个考察队在那里休整。

该怎么办？

一路想着这个问题，我们不知不觉中就走到了一片针叶次生林前，这片树林正好把纳赫塔河边的空地与大海隔开了。

以前，我们每次都是带着喜悦的心情朝船边走去，开心得就像到家了一样，但这一次，纳赫塔河给我们的感觉是陌生的、是荒凉的。我们想着，海把头这样一位航海老手就这样命丧大海，实在是太可惜了。

我们默默地走着，大家都在想着同一个问题：我们该怎么办？步兵们也知道了问题的严重性。我必须要想出办法打破困境。

走着走着，忽然看见了一丝光线，原来我们已经走出了树林，大海已经在眼前了。

XVII. 德尔苏的遗嘱

在纳赫塔河附近曾经有过一个被沙嘴与大海隔开的潟湖[1]，原来潟湖的位置现在已经变成了长满青苔的沼泽地。该区域的植物主要有：杜香，这种灌木的幼枝上长满了铁锈色的绒毛；蓝莓（学名为笃斯越橘），它的叶片略呈灰蓝色；岩高兰，岩高兰属小灌木，分枝多，叶呈筒状，小而密。这里还有很多开花类灌木，只不过这个季节都已经凋谢了。沼委陵菜，它的根茎较长，呈匍匐状；兴安悬钩子，茎有刺，果实成熟后为黄色；毛山黧豆，外形与人工栽培的豌豆很像，茎上长有翅子，结线形荚果；燕子花，叶片呈条状，颜色灰绿。此外，这里还有沼泽地最常见的宽叶羊胡子草。

纳赫塔河注入了一个小海湾，环绕海湾的岬角的岩石构造为杂色火山凝灰岩，两个岬角的乌德盖语名称分别是北扎阿里杜奥尼和南玛阿萨杜奥尼。

我们就在岸边的峭壁下选了一个位置宿营。

晚上，我和德尔苏坐在篝火边商量下一步该怎么办。海把头的船失踪已经四天了。就算船真的被风吹到了某处，那么四天的时

1 潟湖，指被沙嘴、沙坝或珊瑚分割而与外海相分离的局部海水水域。——译者注

间也该回来了。我提出是否可以返回阿姆古河，在旧教徒家过冬，但德尔苏不赞成这么做。他建议就留在纳赫塔河原地不动，我们可以靠打猎来积攒缝制新鞋的毛皮。至于吃的，德尔苏说可以从乌德盖人那里弄到一些鱼干和小米。即便这样，还是有一个难题无法解决：天一天比一天冷了，我们现在还穿着单薄的秋装，最多也只能再坚持两周，两周以后怎么办？但不管怎么说，德尔苏的方案都是最合理的，所以我们决定按他的方案来。

吃过晚饭后，步兵们就躺下睡觉了，我和德尔苏又坐在篝火边商量了很长时间。

我原想搬到乌德盖人的房子里去，但德尔苏说最好在海边宿营。留在海边主要有两个原因：一个是容易找到食物，另一个就是德尔苏对海把头始终抱有一线希望。他相信，只要海把头活着，他就一定能回来，也一定会到海岸边来找我们。万一海把头回来找我们，但我们却不在海岸边，就会错过，那时我们就真的一筹莫展了。德尔苏的话非常有道理，让人无法不同意。但各种不好的念头还是此起彼伏，不断地涌入我的脑海，让我心乱如麻。

阵阵冷风呼啸着吹过枯草，无情地撕扯着宿营地旁边的一棵小树。黑暗中，从岸边悬崖的方向传来了狼嚎般可怕的怒号声。

整夜我辗转难眠。

就此中断考察往回走？半途而废肯定会让我抱憾终身，但在缺少必要保障的情况下贸然进行冬季考察，显然也是不理智的。假如只有我和德尔苏两个人，那么我想都不用想，肯定继续前进，但和我们同行的还有其他队员，我必须要为他们的生命安全负责。

快到早晨时，我才迷迷糊糊地睡了一小会儿。

第二天，风更大了，气温降到了零下 6 摄氏度。

步兵们得知我们要留在原地，甚至有可能要在这里过冬之后，就捡来了被海浪吹到岸边的漂浮木盖地窨子。这真是一个聪明的办法！步兵们用薄石片垒起了炉子，还学朝鲜族人的样子，用空心树做成了烟囱。地窨子的入口处挂上搭帐篷用的帆布，屋顶用苔藓和草根土盖严。地窨子里面铺上了杉树枝和干草。于是，一个还算舒适的住所就盖好了。

11 月 10 日，萨马尔卡河的乌德盖人来到了我们的宿营地。我跟他们打听索苏诺夫海角以北沿岸地区的详细情况。其中一个乌德盖人拿起了一根小棍，然后熟练地在沙地上画了起来。我把地图展开，他很快就找对了位置，并准确地说出了那个区域的河流、山脉和海角的名称。他居然能迅速地领会到地图比例尺和投影图的奥秘，这简直让我太震惊了！我至今还记得，当年我学了好久后才习惯看地形图。这个从未见过地图是何物的普通乌德盖人，居然像一个一辈子与地图打交道的行家一样，把地图用得得心应手。或许他们终日在山里奔走，早已习惯了从山顶俯瞰大地，所以在不知不觉中学会了看地形投影图的本领吧！他们对比例尺的领悟力可能也是源于此。

第二天，我和德尔苏决定沿海岸往南走，看看是否能找到与海把头有关的蛛丝马迹，顺便打打猎。同时，我派步兵们也分头执行这两个任务，扎哈罗夫和阿里宁沿海岸往北走，萨宾托夫和图尔特京沿河岸往霍德河河口的方向走。

一大早，我和德尔苏就从纳赫塔河出发了，我们两个人沿着岸边的淤积带往南走。天气阴沉，天空灰蒙蒙一片，分不清是雾还是乌云。有那么一瞬间，阳光穿过云雾从水面上掠过，像探照灯一样照在岸边的一只松鸦身上，然后又躲到了云层的后面。阳光消失后就下起了小雪，因为担心会出现暴风雪，所以我本不想走远，但西方天边的那丝亮光，还有向东南方向移动的乌云都预示着天气已经在转晴。德尔苏和我的判断完全一致，于是我们决定继续往前走。大约两小时后，雪停了，雾也散了，天气好极了，温暖无风。

山间小河里的水虽然还在流动，但却没有了往日的生机，河面很快会结上一层薄冰，那时就再也听不到流水的潺潺声了。渗入岩缝中的水和岩石冻在一起，连成一片，看起来就像冰瀑布一样。

我和德尔苏沿着海岸边走边聊着海把头的事，他怎么就失踪了呢？！虽然这个问题让我们百思不得其解，但我们每次都会得出一个相同的结论：先做鞋，有了新鞋大家就能返回阿姆古河，就能向在那里居住的旧教徒求援了。

我的狗阿尔巴在前面跑着，离我们大约一百五十步远。我望过去，忽然发现前面除了阿尔巴，还有另外一只长得特别像狗的动物。只是它的毛比狗毛厚，毛色更深，腿也比狗腿短。这家伙在岸边的峭壁旁跑着，不时笨拙地跳跃着，看样子是想要超过阿尔巴。等到和阿尔巴并排时，这只毛烘烘的家伙忽然做出了防御的姿势。

原来，这是一只貂熊。貂熊是最大的鼬科跖行性动物，体长可达1.45米，整体毛色棕褐，背部有黑毛，体侧向后沿臀周有一条淡灰色宽纹，两肋至后腿根部的毛比身体其他部位的毛长很多。貂熊脖子短，头大，爪子非常锐利。

貂熊喜欢栖息在有狍子和香獐子的山林中，可以连续几小时蹲在香獐子出没处的树上或石头上，伺机捕猎。貂熊非常了解猎物的习性，还知道猎物喜欢走的路甚至包括走路的习惯。例如，貂熊知道，积雪厚的时候，香獐子为了避免踩出新路，会始终沿着一个圈跑。因此，在捕猎香獐子时，貂熊会一直追，等到香獐子跑完一圈了，貂熊就会爬到树上，等香獐子再次出现时发起攻击。如果一次不成功，貂熊就会对香獐子使用疲劳战术，直到香獐子跑不动为止。如果在追第一只猎物的路上又看到了另一只猎物，貂熊仍然会继续追击第一只，哪怕它暂时跑出了自己的视线范围也不会放弃。貂熊十分淘气，它会钻进当地人家的仓库里，见到什么咬什么，无论是肉干、鱼干还是其他吃的，只要被它见到就会被淋上尿。以前当地人认为貂熊的皮比貂皮值钱，但自从中国人和俄罗斯人来了，当地人才明白自己错了。二十年前，一张貂熊皮最多能卖到大约3卢布，但现在已经不值钱了，所以也没人专门打貂熊了，除非它偶然撞到枪口上。

阿尔巴停了下来，好奇地看着这只貂熊。我想开枪，但德尔苏阻止我说要节省子弹。他说得很有道理，于是我把阿尔巴喊了回来。貂熊则飞快地跑了起来，很快就消失在了一个峡谷里。

比亚河附近有两座峭壁，看起来像是两个站着的人。当地的乌德盖人说，从前这两座山峰真的是两个人，他们被掌管鱼和海洋生物的天神杰姆变成了两座陡峭的山崖，守护海岸边的火山群。

山崖附近的岸边有不少已经晒干的漂浮木，我和德尔苏在这里选了个地方宿营，把东西放好，就分头出发去打猎。

比亚河的河道蜿蜒曲折，从空中鸟瞰，就像一道镶嵌在山谷中的花边。下游的山谷多为冲积土。压在草木上的淤泥和新鲜沙土带表明，夏季这里曾经发过两次洪水。河谷中靠近海岸的位置长着赤杨和高高的河柳丛，河谷的高处生长着落叶松、白桦、山杨和白杨，再往远处则是枫树、黑杨和白蜡树，有些地方还长着云杉和雪松。河谷两侧，阳面的南坡上长着低矮的橡树林，阴面的北坡上则是多年的针叶老林，林中长满了青苔。

打猎并没有花费我们太多的时间。傍晚时分我就和德尔苏会合了。太阳快落山了，金色的阳光照进树林深处，照着白杨银色的树干、云杉头顶的尖角和雪松毛帽子般的树冠。这时，稍远处的某个地方传来了一声清脆的动物鸣叫。

“香獐子！”看到我疑惑的目光，德尔苏悄声说道。

大约两分钟后，我就看见了一头长着黑色皮毛的动物，它长得很像狍子，但体型比狍子要小很多，两个上牙又细又长，露在唇外。这只香獐子跑了大约一百步后就停住了，把线条优美的小脑袋转向我们，然后一动不动地站在那里等着。

“香獐子在哪？”德尔苏问道。

我用手给他指了指。

“它到底在哪呢？”德尔苏又问了一遍。

我把香獐子所在之处特别明显的参照物都指给德尔苏看，但无论我怎么努力，他还是什么都看不见。于是，德尔苏悄悄地抬起枪，认真地朝香獐子出现的地方看了看，然后开了一枪，结果打偏了。枪声向四处散去，然后慢慢地消失在远方。受到惊吓的香獐子猛地向旁边跑去，很快就消失在密林中。

“我打中了吗？”德尔苏问我，从他的眼神中我知道，他根本就没有发现自己打偏了。

“这次你失手了，”我回答道，“让香獐子逃掉了。”

“难道我没有打中？”德尔苏惊恐万状地问道。

我们走到刚才香獐子站着的位置，地面上没有发现血迹。可以肯定，德尔苏真的没有打中猎物。我和他开起了玩笑，德尔苏坐到地上，把枪放在膝盖上，陷入了沉思。忽然，德尔苏一下子跳了起来，用刀在树上砍了一个很大的记号，然后抓起枪，向后跑了一百五十步。也许，德尔苏这样做是想给我证明他这次失手是纯属偶然，但是，因为距离远，德尔苏看不清自己在树上做的那个记号，他需要离得再近一些。终于，德尔苏找到了合适的距离，放好了枪架，然后开始瞄准。德尔苏瞄了很久，有两次还把头从枪托上抬起来，好像是一直下不了决心扣动扳机。终于，德尔苏开枪了，开完枪他就立刻朝着做了记号的那棵树跑去。看到他垂下的双手，我就知道德尔苏没打中那个记号。走到近前，我才看到德尔苏把帽子扔在了地上，枪也扔到了地上，眼神惊慌，眼睛瞪得大大的，呆立在原地。我碰了一下他的肩膀，德尔苏全身一抖，快速地说道：

“从前除我以外，什么人都不会第一个找到野兽。第一个发现猎物的人都是我。我只要开枪，就会在野兽的身上打出个窟窿，我的子弹从来没有虚发过。我今年58岁了，眼睛坏了，看不成了。我开枪打香獐子，打不中，打树，也打不中。我以后可怎么活啊？”

这时，我才知道我的玩笑开得有多不合时宜。德尔苏以打猎为生，视力减退对他的打击是致命的。雪上加霜的还有另一个事实：德尔苏已然是孑然一身，他能去哪呢？他该怎么办？风烛残年时他又能在哪儿安身呢？

我忍不住可怜起这位老人了。

“没什么了不起的，”我对德尔苏说道，“不用怕，你帮过我这么多忙，也救过我好多次，我欠你的情，以后有我住的，就有你住的，有我吃的，就有你吃的，咱们一起生活。”

德尔苏开始忙活着收拾自己的东西。他捡起自己的枪，看着它，就像看着一个以后再也用不着的物件。

此时，太阳刚刚躲到地平线的后面，将群山长长的影子投向东方。尚未封冻的河水像镜子一样闪闪发光，水中倒映着灌木丛和岸边的树。此情此景让人不禁有种错觉，仿佛河底也有一个与地上完全相同的世界，那里也有和这里一样晴朗的天空……

我和德尔苏在一条小河附近又分头行动了，德尔苏返回宿营地，我再去打猎。我在森林里走了许久，但一个猎物也没有遇到。

后来走累了，我就决定返回宿营地。

西边的晚霞正慢慢地熄灭，天空泛起微蓝，此刻，空气好像也静止了。山谷变得阴沉起来，看着就像是刻在山间的一道深深的裂痕。

忽然，我听到灌木丛中有东西在动。我立刻停下脚步并准备好了枪。这时，又传来一阵轻轻的咔嚓声，随后一只狍子从赤杨林中悄悄地走了出来，然后开始吃草。很显然，它并没有发现我。我快速地瞄准，然后开了枪。可怜的狍子向前冲了一下，一头栽到了地上，过了一会儿就死了。我解下皮带，用它捆住狍子腿，然后把它扛到了肩上。感觉到一股温热的液体顺着我的脖子向下留着，是狍子血。我只好把死狍子放下，开始喊德尔苏来帮忙。很快我就听到了德尔苏的回应，他没拿枪，我们两个人一起找了一根棍子，抬着狍子往回走。

回到宿营地的时候，夜色已浓。月亮升上了天空，皎洁的月光照在海面上，也照着岸边的岩石、树林、河水。周围安静极了，夜风轻柔地拂过衰草，其声单调，人听久了之后就再也感觉不到它的存在。我们的宿营地燃着篝火，火光映红了地面，与黑色的树影和透过灌木枝条洒在地上的洁白的月光交织在一起。远处是被迷雾笼罩的巴克拉尼海角。

打猎之后，我感觉有点累。吃晚饭的时候，我向德尔苏介绍了一下俄罗斯，并建议他离开原始森林，和我一起到城里生活，因为原始森林里的生活不仅充满了各种危险，而且也实在太艰苦了。

但德尔苏始终保持着沉默，看得出，他在苦苦地思索着什么。

终于，我困得睁不开眼睛了，裹好毯子，我就睡着了。

夜里我醒了。月亮高高地挂在天空，地平线附近的星星一闪一闪的，好像一颗颗钻石。已经是后半夜了，世间万物仿佛都已经进入了梦乡。世界上，没有任何东西能与洒满月光的辽阔海面和布满星斗的幽蓝夜空相媲美。漆黑的水面，岸边高耸的悬崖峭壁，山中寂静的森林，共同构成了一幅和谐而庄严的图画。

德尔苏在篝火边坐着。我看他第一眼的时候，就知道他一直没睡。看到我醒了，他很高兴地开始煮茶。我能感觉到德尔苏的内心非常不平静，也能感觉到他对我非常殷勤，而且千方百计地想让我别再睡着了。我只好对他说，我现在一点都不想睡了。德尔苏往篝火里又加了些柴，火烧旺了后，德尔苏站起了身，郑重地对我说道：

“上尉，现在我说，你听。”

说完，德尔苏就把以前自己是怎么生活的，为何现在是孤身一人，他如何以打猎为生养活自己，猎枪又是如何帮他摆脱一切困境的对我一一道来。德尔苏还告诉我，他用鹿茸跟中国人换子弹、烟叶和做衣服用的布料。接着德尔苏说，他从来都没有想过，自己的眼睛居然会背叛自己，而且花再多的钱也买不回来了。半年前，他就发觉自己的眼力不如从前，但总以为过一段时间就会好了，可是今天的事让他彻底死了心，猎他是打到头了。这对他来说简直是太可怕了！后来德尔苏又提到了我白天说的他可以和我一起生活的那些话，他嘴里说着：

“上尉，谢谢你，特别谢谢！”

说完，德尔苏忽然跪下磕了一个头。我连忙站起来跑过去把他扶起来，郑重地告诉他：“你救过我的命，如果你肯和我一起生活，我高兴都来不及啊！”为了让德尔苏不再想这些不开心的事，我让他先喝点茶。

“不，上尉，等一下喝，”德尔苏说道，“我还有话，没说完呢！”

说罢，德尔苏又接着给我讲他这一生的种种经历。他对我说，他年轻的时候跟一位中国老人学会了在山里找人参。但是挖到人参后，德尔苏从来都不卖。他发现人参后，就把它们挖出来，然后都移栽到列富河的上游。他最后一次去移栽人参大约是十五年前，他栽种的人参都长得特别好，一共有 22 棵。虽然不知道这些人参现在还在不在，但应该是还在，因为栽人参的地方很偏，而且从来都没发现有人去过那里。

“这些人参我全都给你！”德尔苏对我说道。他终于把想说的话都说完了。

这简直让我太震惊了！我劝德尔苏把人参卖掉，钱自己保管好，但是德尔苏坚持要把人参都给我。

“我不需要，”德尔苏说道，“我老了，没几年活头了，我特别想把人参都送给你。”

德尔苏的目光真诚恳切，我怕再拒绝会让他伤心，于是就同意了。但是作为交换，我要他答应考察结束后和我一起去哈巴罗夫斯克生活，德尔苏也同意了。我们还商量好春天的时候就去列富河找那些人参。

银色的月亮已坠向西方，东方的天边又有新的星辰升起。白露已凝结成霜，周围的一切都穿上了一层薄薄的银色外衣。天快要亮了。

德尔苏又往篝火里加了些柴，火苗向上腾起，红色的火光照亮了灌木丛，也照亮了岸边的悬崖峭壁，它们都见证了我和德尔苏今夜共同做出的、关于我们彼此之间关系的决定。

东边的天空已透出一抹粉红，朝霞即将升起。星光已经开始暗淡，夜的魔法即将消失，灰蓝色的空气中仿佛透进了一丝晨光。红彤彤的木炭也变暗了，表面出现了一层灰烬，未燃尽的木头冒着白烟，篝火要灭了。

“还是睡一会儿吧。”我对德尔苏说道。

于是他站了起来，把帐篷弄正，我们两个人躺了进去，盖着同一条毯子，沉沉地睡去了。

醒来的时候，太阳已经升得很高了。又是一个晴朗却寒冷的早晨。

匆忙地吃了点冷肉、喝了点茶之后，我和德尔苏就收拾背囊准备返回纳赫塔河。

分头去打猎的其他队员都回到了纳赫塔河。阿里宁打到了一只北海狮，扎哈罗夫打到了一头海豹，做鞋的皮革和吃的肉都有了。

11 月 12 日至 16 日，我们原地休整。步兵们利用这几天时间去采越橘果和松子。

德尔苏用两块兽皮找乌德盖人换来了一块精制驼鹿皮，又请乌德盖妇女帮忙把驼鹿皮裁成了做温特鞋的部件，然后我们再按自己的鞋码缝鞋。

11 月 17 日早晨，我们告别纳赫塔河，动身返回旧教徒处。出发前，我又去了一次海边，期待着海把头的船能突然出现。但海面上依旧是空空如也。风从大陆吹来，岸边风平浪静，但远处却波浪滔天。我挥了一下手，示意大家可以出发了。虽然半途折返让人很无奈，但留下已经没有任何意义。

返程的路平淡无奇。

11 月 22 日，我们抵达塔霍别河，23 日早晨来到了古松河。

XVIII. 海把头归来

在古松河的乌德盖人处短暂休息后，我想继续赶路。但乌德盖人建议我先在他们这里住一夜再说。理由是，长时间的寒冷无风天气之后肯定会刮大风。住在这里的中国人也都一副忧心忡忡的样子，不时地观察着西边的天空。当我问及原因的时候，他们就指着被白雪覆盖的科雅莫山让我看。这时我才发现，此前清晰可见的山峰已经变得轮廓模糊了，看起来就像冒烟了一样。然后，这些中国人又告诉我，两小时后，风就能移动到海边。

中国人用绳子把房顶牢牢地固定在附近的树桩和大树上，又用草帘把粮食垛盖好了。

两小时后，果然开始刮风了。一开始是柔和的微风，然后越刮越大。风中夹着雪，还有从地面卷起的尘土和枯叶。傍晚时分，风力达到了顶点，我想出去用仪器测一下实际风力，但一出门大风就把仪器轮刮折了，我本人也差点被吹倒了。从房顶上刮起来的木板和大块的树皮在空中飞舞着，原来放在房子边上的中式两轮马车，被风刮得满院子跑着，直到碰到篱笆才停了下来。一个捆得不太牢固的干草垛被风撕开了，几分钟后干草就被吹得一根都不剩了。

黎明前，风终于有了停歇的迹象，开始出现短暂的间隔。天亮后，我们出门一看，满地狼藉，根本分辨不出原来的模样了。一座房子被吹得只剩地基，另一座房子的墙被风吹塌了一面，大树被连根拔起，横七竖八地倒在地上。太阳出来后，风停了，半小时后又起风了，但风向已经改变，刮起了南风。

应该动身继续赶路了，但大家都不想动。一是队员们都累了，二是这些中国人实在是太热情好客了……于是我决定再住一夜。这个决定实在是太英明了，因为就在这天的傍晚，一个乌德盖小伙子从海边赶来，给我们带来了一个特大喜讯：海把头的船回来了！船上的财产也丝毫无损！队员们大声地喊着“乌拉”，高兴得连连握手。这的确是一件最值得高兴的事，连我都高兴得想要跳舞了！

第二天天刚亮，我们就来到了海岸边。海把头和我们一样欣喜万分。步兵们围着他问这问那。这时我们才知道，海把头的船在坎朱河附近遇到了大风，船被风吹往萨哈林岛的方向。但海把头并未惊慌失措，他始终让船尽可能地靠近海岸行驶，因为他知道，不这样做，船就会被风吹到日本去。终于，海把头在萨哈林岛靠近了大陆，然后就沿着海岸线南下。从纳赫塔河的乌德盖人处得知我们准备返回阿古姆河后，海把头就派人一路追赶我们。昨天有暴风雪，所以海把头在哈隆古河停船等待，然后用了一天的时间赶到了古松河。

我忽然想到了一个新的考察方案：先沿着古松河上行抵达锡霍特－阿林山脉，然后再前往比金河。因为现在食物、工具、保暖衣物和鞋子、装备和弹药都有了。

此时，海岸边已经出现了很多浮冰，河口也已经封冻，海面已经无法航行，所以海把头决定在古松河过冬。

步兵们立刻开始帮忙做停船前的准备。卸下了桅杆、船舵和船帆后，他们把船拖到了岸边，放到了木质底座上，又用木桩把船两边固定住。

第二天，我们开始动手做轻便雪橇。继续考察需要六个雪橇拉东西，我们从乌德盖人手里买到了三个，剩下的三个只能自己动手做。步兵扎哈罗夫和阿里宁会做木工活，还有两个乌德盖人可以帮忙，德尔苏做总指挥。一直以来，无论是大事小情，德尔苏的意见总是恰到好处，所以步兵们对德尔苏言听计从，同时也养成了做事前要征求德尔苏意见的习惯。

做雪橇用了十天。这期间步兵们时不时地就去打猎，有的时候能打到猎物，多数时候是空手而归。我们和当地的乌德盖人也都混熟了，不仅能认出每个人，还能准确地叫出他们的名字。

11 月 25 日，我、德尔苏还有阿里宁跟乌德盖人一起去古松河河口捕鱼。乌德盖人都随身带着芦苇棒和沉重的木槌。

我们在河道之间的一个长着山杨、赤杨和河柳的岛上发现了几个被草盖住的外形奇特的窝棚。我立刻看出这是出自日本人之手。原来这里是日本滥捕者的捕鱼点，窝棚建得非常隐蔽，无论是从陆地上还是从海上，都发现不了它们的存在。我们选中了一个窝棚落脚。

河湾里的水已经冻结实了。冰面光滑如镜，清澈透明。浅滩、水深处、水草、河底的石头和浮木都清晰可见。乌德盖人凿了几个冰窟窿并下好了渔网。天黑后，乌德盖人点燃了芦苇棒，然后朝冰窟窿的方向跑，边跑边把木槌扔到冰面上。火光还有木槌砸在冰面上发出的噪声惊动了冰下的鱼，它们惊吓之余纷纷向前游去，然后就撞进了网中。拉起渔网一看，渔获还真不少：这一网打到了一条哲罗鱼、三条花羔红点鲑鱼、四条白斑红点鲑鱼和十一条红眼鱼。

接着，乌德盖人再次把渔网下到冰窟窿里，从另一侧开始赶鱼。用这种方法，他们又在湖面上、支流上、主河上以及河湾里捕了鱼。

晚上十点左右，一天的捕鱼工作结束了。一部分乌德盖人回家了，还有一部分乌德盖人留在捕鱼点过夜。留下的人中有一个叫罗卡达的乌德盖人，我和他去年就认识了。夜里很冷，还刮着风，即使坐在篝火边，也还是会觉得冷。午夜时，我忽然想起了罗卡达，就问身边的人他在哪儿。他的一个同伴告诉我说，罗卡达在外面睡着呢！我穿上大衣从窝棚里走了出去。外面漆黑一片，寒风吹到脸上像刀割一样。我沿着河走了一会儿，就回去告诉大家，外面哪儿都看不到篝火。乌德盖人回答道，罗卡达睡觉的时候不点篝火。

“不点篝火怎么行？”我吃惊地问道。

“就是不点篝火。”乌德盖人满不在乎地答道。

因为担心罗卡达会发生意外，我就拿上小灯又出去找他了。两个乌德盖人自告奋勇地陪我一起去。在离窝棚大约五十步远的岸边，我们找到了罗卡达，他正在一堆干草上呼呼大睡。

罗卡达身上穿着马鹿皮的上衣和裤子，脚上穿着驼鹿皮的温特靴子，头上戴着白色的风帽，风帽外还戴了一顶用貂尾装饰的小帽。他的头上和背上已经蒙上了一层白霜。我用力地摇晃着罗卡达的肩膀，他坐了起来，用手抹着睫毛上的霜花。他一点儿没有发抖，也没有缩紧肩膀，看来，他真的没有被冻坏。

“你不冷吗？”我吃惊地问罗卡达。

“不冷啊，”他回答道，随即立刻反问，“出什么事了吗？”

这时，陪我来的两个乌德盖人告诉罗卡达，我担心他会冻坏，已经在黑夜里找他好久了。于是罗卡达对我说，窝棚里人太多、太挤，所以他决定睡外面。说完，他把上衣又紧了紧，然后躺到干草上接着睡了。

回到窝棚里后，我和德尔苏聊起了刚才发生的一切。

“不用担心，上尉，”德尔苏对我说道，“这些人不怕冷的，他们终日生活在山里，走到哪儿就睡在哪儿，他们已经习惯用月光照后背来取暖了。”

天亮后，乌德盖人又要开始捕鱼了。这次他们换了一招：把冰窟窿用一个小的皮帐篷严严实实地罩住，阳光透过冰面照进河底，河底的卵石、贝壳、沙子和水草都清晰可见。冰面上四个小帐篷一字排开，每个帐篷里坐一个人，手里拿着鱼叉，鱼叉头放进冰窟窿里，跟河底保持一定的距离。其他捕鱼人在帐篷外，从不同的方向慢慢地驱赶水下的鱼。当鱼靠近冰窟窿的时候，帐篷里的人就用鱼叉叉鱼。这一招太好用了，仅一天一夜，乌德盖人就捕到了

22 条哲罗鱼、136 条白斑红点鲑鱼、240 条鳟鱼和许多红眼鱼。

从海边返回房子的路上，我的狗发现了四只鸟儿，就开始追着鸟儿跑。鸟儿们一直在海边的沙滩上跑，它们羽毛的颜色几乎和四周的环境融为了一体，即使距离很近，我也看不到它们究竟在哪儿。后来，鸟儿被狗追得飞上了天空，我这才又看见它们了。我开枪打中了一只鸟儿，拾起来一看，原来是毛腿沙鸡。这种鸟原本是生活在蒙古东部的荒漠地区，在乌苏里边疆区还是第一次发现它们的踪迹，也许是大风将它们偶然吹到了这里。我把打到的毛腿沙鸡拿给乌德盖人看，他们感到特别新奇，七嘴八舌地说从来没见过这种鸟，还立刻给它取了一个绰号，叫“玛法”，乌德盖语“熊”的意思，因为他们觉得这鸟儿的毛腿特别像熊腿。

步兵们还在做雪橇和滑雪板，我利用这段时间又在驻地附近走了走，但多数时候还是待在宿营地，因为有许多事情需要确认，需要事先计划好。多年的经验告诉我，一定要注意听取当地人的建议，不要自作聪明，一定要按他们说的去做。

XIX. 翻越锡霍特－阿林山脉

12 月 2 日，步兵们终于做好了雪橇。我给他们一天的时间做收尾工作。满族老人齐士武决定送我们到比金河上的第一座中国村。12 月 3 日午后，我们把东西都装到了雪橇上。

12 月 4 日早晨，天气非常冷，气温降到了零下 19 摄氏度，天空湛蓝，晴朗无云，周围是白雪皑皑的群山。

才四天时间，河水就已经冻实了。冰面平滑如镜，主河道在结冰的过程中水位上涨，所以支流里的水量也都充盈起来。这样一来，我们就可以穿过支流冰面，走近路绕过曲折和有冰丘的河段。

我们一共有八辆雪橇，每辆雪橇上面都装了 6 普特重的物品。因为钱不够，而且古松河这附近也找不到足够数量的狗，所以我们只好自己拉着雪橇走。

天气非常好，拉着雪橇走在冰面上也很轻松，大家一边走，一边说笑着。

这一天我们并没走太远，很早就找地方宿营了。

次日，也就是 12 月 5 日，我第一个醒来，穿好衣服后，我就来到了帐篷外。气温降到了零下 20 摄氏度。河面上尚未冻住的地方冒着白汽，附近的树上挂满了像白珊瑚一样美丽的雾凇。冰窟窿附近有两只水獭在追逐嬉戏。它们的动作很滑稽，像蛇一样蠕动着，嘴里还发着类似口哨和咯咯笑的声音。其中一只还时不时地用后腿直立起来，东瞅瞅，西瞧瞧。

我走出树丛，想靠近点看，但是两只水獭发现了我，就立刻钻进了冰窟窿里。

回去的路上，我打了几只松鸡，然后走另一个方向回到了宿营地。篝火冒的烟和热气混在一起，从帐篷里一团一团地冒了出来。帐篷里的人都醒了，也许是被我的枪声吵醒的。

喝完茶，穿上暖和的鞋子后，步兵们就开始拆帐篷并把它们放到雪橇上捆好。大约半小时后，我们就出发了。一轮红日穿过雾霭升上了天空。

下午四点左右，我们到达奥洛索泉附近。天色不早了，我们决定不再赶路，就在这里找地方宿营。我们钻进了小岛上的树林深处，在这个位置宿营实在是太舒服了。

晚上，步兵们开始讲各种吓人的事　谈论着各种鬼魂和神，还说着各自经历过或看到过的和鬼神有关的事。

12 月 6 日，天还没亮我们就起床了。气温降到了零下 21 摄氏度。太阳出来后，风停了，感觉天气好像暖和了一点儿。

这一天，我们到达了布伊河河口，中国人把这条河叫作“五连沟”。在这里，我们告别古松河，然后即将开启翻越锡霍特 – 阿林山脉之旅。

有一位名叫颂采的乌德盖人住在五连沟河河口附近。颂采是一位典型的乌德盖人。他跟父亲学会了萨满教的祭祀礼仪，他的家里有很多神像。除此之外，颂采还是一位优秀的猎人，他身手敏捷，体魄强健，特别擅长在激流中行船。我想请颂采把我们送到锡霍特-阿林山脉，他很痛快地答应了，但是有一个条件，就是我们得先在他家住一天，因为他要送自己的弟弟去打猎，还要给他的老妈妈治病，同时他自己也需要准备出远门用的装备。

颂采的母亲大概六十岁左右，她是一位真正意义上的传统乌德盖女性，遵守着乌德盖族古老的习俗和礼仪。她不仅知道很多传说故事，还知道做错事的人该受到什么样的惩罚。颂采的母亲还是被公认的结婚或离婚时解决聘礼争议的权威。

对答应在颂采家里住上一天的这件事，我一点儿都没后悔。颂采和他的妈妈都很善谈，我从他们那里打听到了很多关于萨满教的趣事，还记下了几个童话。

晚上颂采请我们吃生鱼片。一整条冻鱼被端上了餐桌，这是一条细鳞鲑鱼，比细鳞大麻哈鱼小一点儿。生鱼片特别好吃，我们把欧洲人不吃生鱼的事都抛到了脑后。

我们用了四天时间（12 月 9 日至 12 日）越过了五连沟。五连沟的发源地位于锡霍特-阿林山脉。

连年不断的火灾将五连沟周围山里的森林尽数烧毁了。只有在河流两岸以及位于各支流之间的岛上还能看到树林。

越接近山口，河道上凸起的冰堆就越多。冰堆上冒出的白雾离得很远就能看见。为了绕开这些冰堆，需要从山坡上走，这一做法费时又费力。走路时还要特别注意不要把脚弄湿，这时当地人的鱼皮鞋的优势就显露出来。

路一天比一天难走。时常会遇到密林、石堆和倒木。德尔苏和颂采两个人拿着斧子走在最前面，边走边砍掉挡路的灌木和小树，好让雪橇能过去，遇到沟坎或者斜坡，为了防止雪橇翻车，还要砍树垫出路来。

山深处的积雪越来越厚。放眼看去，只有被烧的光秃秃的树干是黑色的。这片火烧迹地满目凄凉，连鸟兽都绝了踪迹。

我们一直不停歇地走着，连午饭都没吃，即便这样，还是连10俄里都没走上。倒木、冰堆、沼泽地里的土堆、被雪盖住的石头之间的缝隙，这些都是我们路上要克服的障碍，我们用了整整8个小时才走了4.5俄里，平均每小时才走280俄丈（约600米）。傍晚前，我们接近了锡霍特－阿林山脉的山脊。气压表显示，此处高度为700俄丈。

第二天是12月14日。早晨寒冷无风，虽然一轮红日挂在东方，但很久都感觉不到阳光的温暖。山顶的积雪被阳光染成了粉红色，背光地方的雪则白得有些发蓝。

在对周边进行探察时，我发现有蒸汽从地面上的某处升起。

我喊来了德尔苏和颂采，我们准备一起去看看，那里究竟是怎么一回事。

原来这是一个含铁和硫化氢的温泉。温泉周围的岩石都是红色的，温泉表面有白色的、像石灰一样的浮沫。我测了一下，水温是 27 摄氏度。当地的土著人知道五连沟温泉附近有很多驼鹿，但一直小心地保守着秘密，怕被俄罗斯人知道。

温泉散发出的热气使附近的石头、柳丛和倒木上都结了一层漂亮的霜花，在阳光下发出钻石般的光芒。遗憾的是，因为天气太冷，我没办法取温泉水分析水里的化学成分。

我们去看温泉的时候，步兵们已经把帐篷都收好了，把睡袋也捆好了。

一出宿营地我们就开始爬山。我们先是把所有物品都搬到了山顶，然后再把空雪橇拽了上去。

当步兵们把最后一辆雪橇拽上山口的时候，太阳已经升到了半空中。

把物品再次装到雪橇上并固定好之后，我们就继续赶路了。

锡霍特 – 阿林山脉的树木长势不好，树龄老化，多为柴用林。要想在这样的树林中选出一个合适的位置做宿营地，简直是困难重重。经常会碰到被树根缠住的乱石或者被苔藓盖住的倒木。还有一个更让人头疼的问题就是准备烧柴。看到这里，城里人可能会感到不可思议，在森林里走怎么会找不到烧柴呢？但事实就是这样。云杉、冷杉和落叶松这类树不能做烧柴，因为它们点燃后，火花会乱飞，会把帐篷、衣服和毯子都烧坏。赤杨也不能做烧柴，这种树水分太大，点燃后冒的烟比火苗还大。适合做柴火的只有岳桦，但是在锡霍特 – 阿林山脉的针叶林中，岳桦简直是少之又少。不过好在颂采对这里非常熟悉，所以很快就找齐了安营需要的所有东西。

于是我发出了停止前进的信号。

步兵们开始搭帐篷，我和德尔苏去打猎，想着要是万一能打到驼鹿就好了。

走出宿营地不远，我就看见了三只很像松鸡的鸟。它们在雪地上走着，一点也不怕我们。我想开枪，但德尔苏拦住了我。

“不用开枪，不用开枪，”德尔苏连忙说道，“它们可以这样抓。”

说完这话，德尔苏居然就大摇大摆地走了过去。让我更感到吃惊的是，这些鸟居然也不怕他，它们就像是家鸡看到人的时候一样，不慌不忙地走到一边去了。我们走到离它们大约2俄丈远的地方，德尔苏看都没看这几只鸟，自顾自地拿出刀开始砍一棵小枞树，砍断了树干，又削掉了上面的树杈，然后在树棍的一端用绳子系了一个套儿。做好这一切后，德尔苏走到了鸟儿们的跟前，直接把绳圈套到了一只鸟的脑袋上。被套住的鸟呼扇着翅膀挣扎了起来，另外两只鸟这时才反应过来，连忙飞了起来，落在了旁边的一棵落叶松上，其中一只落到了较低的树枝上，另一只飞到了树梢上。我看这两只鸟已经受到了惊吓，就想开枪打鸟，可是德尔苏又把我拦住了。他对我说，鸟儿落到树上后，比在地上更容易捉。说完，他就走到了树下，悄悄地举起了树棍，用绳子套住鸟脖子的时候，树棍不小心碰到了鸟嘴，只见那只鸟摆了一下头，调整好了姿势，就开始朝我们这边看。第二只鸟就这样被从树上套了下来。现在轮到第三只鸟了，它落的位置实在是太高了，人在地上根本就够不到，于是德尔苏开始爬树。树干很细，水分又充足，人爬上去的时候，树晃得十分厉害。树上的那只笨鸟用爪子紧紧地抓住身下的树枝，试图保持住平衡，根本就不知道飞。德尔苏爬到了树棍能够到鸟儿的位置，把绳套一下套到了鸟脖子上，第三只鸟也被从树梢上拽了下来。就这样，我们没开一枪就活捉了三只鸟。仔细看这三只猎物，我才发现它们比一般的松鸡大，羽毛的颜色也比松鸡深，公鸟眼睛的上方长有像黑琴鸡那样的鲜红色的眉羽。原来这几只鸟是镰翅鸡，是乌苏里边疆区锡霍特－阿林山脉的针叶林中所独有的走禽。

回到宿营地的时候，已近黄昏。帐篷里已经点上了篝火，从远处看就像是一个大灯笼。帐篷里有四个人，我认出了手拿茶壶的步兵扎哈罗夫和嘴里叼着烟袋的满族人齐士武。宿营地里的狗听到人的脚步声大叫着冲了出来，发现是自己人，立刻就缠着我们亲热了起来。帐篷里一切都已经安排得井然有序了，步兵们正在喝茶。看到我们带回来的三只鸟，颂采告诉我们，这种不怕人的鸟是老天专门为偶然在荒无人烟之处迷路的猎人准备的，老天不想让猎人活活饿死。

晚上，大家一起庆祝胜利翻越锡霍特－阿林山脉。晚饭吃的是镰翅鸡，还有热巧克力，还喝了加朗姆酒的热茶。睡前，我给步兵们读了果戈理写的一部恐怖小说。

在此处，我们与颂采告别，顺着河水的方向应该就可以走到比金河了。

XX. 德尔苏之死

我们于 12 月 28 日抵达比金河中游地区，计划继续沿着比金河顺流而下。

越往中下游走，比金河的支流就越多，合理利用这些支流走近路，可以节省不少时间。

比金河流域是森林资源最丰富的地区。河两边的山上、河谷以及河中的岛屿上都是树，无边无际的原始森林绵延数百俄里。这里也是乌苏里江流域野生动物最多的地区。

在比金河右岸的一座山附近，我们发现了一座无人住的乌德盖式毡屋，德尔苏里里外外看了个遍，然后告诉我们这是一座因为闹鬼而被废弃的毡屋，我们可以在这里过夜。

步兵们去打柴，德尔苏开始用烟驱赶屋子里的“鬼”。我拿起枪，沿着河往下走，去察看周围的环境。

天从早上开始就阴沉沉的，没有一丝风就突然下起了湿雪。高大的松树仿佛被冻住了似的，一动不动地立着。暮色深沉，林中寂静，大片的雪花从空中缓缓地落下，此情此景会让人心中不由自主地生出浮生若梦、世事无定的愁绪。

一只猫头鹰从我旁边悄无声息地飞过，一只兔子吓得猛地窜进了灌木丛，猫头鹰立刻追了过去。

我在河岸边坐了一会儿，然后起身往回走。

几分钟后我就到了毡屋附近，大团的、带着火星的烟从屋顶的通风孔中冒了出来，看来我的同伴们正在烧晚饭。

喝茶的时候，大家又开始聊鬼神。步兵扎哈罗夫一直在追问赫哲族的鬼长什么样。德尔苏回答说，鬼不仅没有固定的长相，而且还会经常换“衬衫”。然后扎哈罗夫又问德尔苏，鬼是否会和正义的天神艾恩杜里打架。德尔苏非常严肃地回答说：

“我不知道，我的从来都没见过。”

喝完茶后，大家都躺到自己的铺位上睡觉了，我又工作了大约一小时，整理了一下日记，然后也睡着了。

1907 年的最后一天，我们来到了一个叫“西沟”的地方。这里是比金河流域人口最稠密的地方。西沟的居民都是中国人，1882 年的时候，这个居民点叫“小帽顶子”，离西沟大约 2 俄里的地方还有两个村子。西沟的居民主要以采参、打猎、捕貂和酿酒为生。除此之外，他们还在森林里开荒种小麦和玉米。

西沟的居民们杀了猪，盛情邀请我们在他们这里停留一天。考虑到我们的食物已经吃完了，而且队员们一听到有可能不用露营野外，能在村子里迎新年，都喜出望外，所以我接受了邀请，但和步兵们约法三章：谁都不许贪杯。步兵们也信守了承诺，都没有喝醉。

第二天是一个晴朗又寒冷的日子。我们刚准备吃午饭，就听到外面有铃声。然后中国人就跑来告诉我说警长来了。几分钟后，一个穿皮大衣的人闯了进来。这个被误以为是警长的人竟然是我的助手 A.I. 梅尔兹利亚科夫。A.I. 梅尔兹利亚科夫来迎接我们，但因为路上的积雪太厚，所以来迟了。

旅行已经接近尾声。我们分乘三辆马拉雪橇从西沟出发去比金河站。

从西沟到比金河站有150多俄里的雪橇路,路是伐木工人修的,路况很好。我们用了三个昼夜的时间从西沟来到了比金河站。

在大比例尺地形图上，支流众多的比金河看起来就像是一幅迷宫图。支流之间有很多大岛屿，岛上长着白蜡树、黄檗、椴树、杨树、槭树和核桃树。一部分支流是用乌德盖语命名的，另一部分支流是用汉语命名的，还有一部分支流是用俄语命名的。

比金河的下游河道会被用来放排运送木材，所以每年都会对河道中的漂浮木进行清理，但即便如此，乘筏子渡河也不能保证百分之百的成功。

1 月 3 日，太阳还没出来我们就坐上雪橇出发了，赶雪橇的哥萨克不断地催促，我们自己也特别想尽快到达铁路站点。

前路漫漫时，大家都能心平气和，按部就班。越是接近尾声，心情就越焦躁，做事也开始手忙脚乱，动不动就会陷入窘境。这个时候，必须要控制好自己的情绪，继续有条不紊地工作，不能求快。

阿尔昌河是比金河右岸最大也是最后的支流。阿尔昌河的上游位于欧隆山，河长约 100 俄里，河源由两条河汇流而成，分别是索恩果河和阿尔昌河。阿尔昌河上游的流向为自西向东。在一条名叫大沿沟的山溪从右岸注入阿尔昌河之后，阿尔昌河就变成了一条大河并拥有了众多的支流。阿尔昌河的末端接近比金河处的山被称为“大尤塔”，这个地方也叫“塔班多”。为了走近路，同时也为了节省时间，人们通常会在这里把船从一条河拖入另一条河中。

在哥萨克人中经常流传着关于“塔班多”的坏消息。“塔班多”是红胡子土匪的一个固定窝点。他们会在那里拦截前往乌苏里地区的人，把他们的财物洗劫一空。即使是俄罗斯人，在没有护卫的情况下也躲不过红胡子土匪的洗劫。

阿尔昌河在距比金河铁路站点以南10俄里的地方汇入比金河。

1月4日是我们旅行的最后一天。赶雪橇的哥萨克一大早就把我叫了起来。

午后，我们来到一个名叫格奥尔吉耶夫斯基的哥萨克村，在这里稍做休息后就动身前往乌苏里铁路站点。

1月7日晚上，我们抵达哈巴罗夫斯克。步兵们返回自己的连队，我带着德尔苏回到了家，我的好朋友们也来了。

大家看到德尔苏都很吃惊，也非常好奇。德尔苏同时感到非常不自在，很长时间都无法适应新的生活环境。

我为德尔苏准备了一个小房间，房间里放上了床、木头桌子和两把椅子。椅子对德尔苏来说是多余的，因为他更喜欢坐在地板上，或者像土耳其人那样盘腿坐在床上。

睡觉时，德尔苏也习惯像以前一样，把羊皮铺在身下。

在家里，德尔苏最喜欢的地方就是炉子旁的小角落。他会坐在柴堆上，久久地看着炉子里的火。房间里的所有东西对德尔苏来说都是陌生的，只有炉子里燃烧的木柴仿佛还和原始森林有一点点的联系。每当柴不好烧的时候，德尔苏就会埋怨炉子，他会对炉子说：“你是坏人，根本不想好好烧火。”

有一次，我突发奇想，准备用留声机录下德尔苏说的话。德尔苏很快就明白了我想让他做什么，于是就对着留声机的圆筒讲了一个特别长的童话故事。录完音后，我放给德尔苏听。德尔苏听到机器中传出自己的声音时居然一点都不吃惊，甚至连脸上的肌肉都没动。他认真地把录音听完，然后指着留声机说道：“他说得很对，一个词也没漏下。”

德尔苏是一个彻底的“万物有灵论”的拥护者，他把留声机也拟人化了。

有时候我会坐在德尔苏旁边，聊着从前一起旅行的日子，这些回忆给我们两个人带来了很多快乐。

考察结束后总是有很多后续工作要做：做财务总结，写工作报告，绘制路线图，分拣各类样品标本，等等。德尔苏看到我整天坐在书桌前写东西，就对我说道：

“我以前以为，上尉除了整天威风凛凛地坐着吃饭和训人，没别的工作。现在我明白了，上尉在山里走，是工作；回来在城里走，也是工作。上尉根本没时间溜达。”

有一次，我去德尔苏房间的时候，发现他穿戴整齐，手里拿着枪。

“你要去哪？”我问道。

“去射击，”德尔苏答道，根本就没发现我吃惊的表情，然后接着说道，“枪管里很脏，射击的时候子弹摩擦能起到清洁枪管的作用，然后再用布擦一下就可以了。”

城市里禁止射击这件事这对德尔苏来说是非常不愉快的。他双手摆弄着枪，叹了口气，然后把枪放回了角落里。不知道为什么，这件事让德尔苏特别的焦虑。

第二天，我从德尔苏的房间旁走过，发现房门开了个缝，于是我悄悄地走了进去。德尔苏正站在窗前小声地自言自语。长时间独自在原始森林生活的人都有这样的习惯，就是会把自己的想法出声地说出来。

“德尔苏。”我喊他。

他转过身，脸上闪过一丝苦笑。

“你怎么了？”我问道。

“是这样，我感觉我待在这儿像一只鸭子，人怎么能在箱子里待着呢？”德尔苏手指着天棚和房间里的墙说道，“人应该在山里走，人应该开枪射击……”

说完德尔苏就不作声了，他转过身，接着看窗外。他思念着曾经的自由自在的生活。

还有一次，德尔苏的房间需要装修一下，要修修炉子，刷一下墙。我对德尔苏说让他先在我的书房里住两天，等他的房间装修好了再回去住。

“没关系的，上尉，”德尔苏说道，“我可以在街上睡，我做一个帐篷，点上篝火。”

德尔苏觉得这么做很简单，我费了好大的劲才劝说他放弃了这个念头。德尔苏虽然没有生气，但对城里的各种限制仍旧感到非常不满：不能搭帐篷，不能在街上点篝火，不可以开枪射击，因为这样会干扰到别人。

有一次，德尔苏看到了我付钱买柴，他感到非常不可思议。

“怎么会这样！”德尔苏喊了起来，“森林里到处都是柴，为什么要白白浪费钱？”

他骂卖柴的商贩，说他是“坏人”，还一直对我说我被人骗了。我想试着给德尔苏解释，我买的其实不是柴，我买的是别人的劳动，但德尔苏理解不了，他的心情好长时间都平静不下来，晚上也没点炉子。第二天，为了不让我再花钱，他自己去森林里打柴去了。护林人把他抓住了，做了笔录。德尔苏用自己的方式表达着抗议，大吵大闹了起来。于是，他被送到了警察局。然后有人打电话通知我，我想了很多办法才把这件事平息了下来。回来后，无论我怎么跟德尔苏讲，不能砍城市附近的树，他都无法理解。

这件事给德尔苏留下了十分深刻的印象。他终于明白了，在城里生活，不能自己想怎么样就怎么样，在城里要按别人的要求生活。他被陌生人包围着，每走一步路就会遇到人。德尔苏开始经常陷入沉思，总是一个人待着，人也变得消瘦起来，仿佛一下子苍老了许多。

另一件彻底打破德尔苏心理平衡的小事是，他看见了我付钱买水。

“怎么会这样！水也居然需要花钱？看看河！”他指着阿穆尔河的方向说道，“河里有的是水。土地，水，还有空气，都是老天爷给的，怎么还要花钱买？……”

话没说完，德尔苏就回了自己的房间。

晚上，我坐在书房里写东西，忽然听到了房门被轻轻推开的声音。我转过身，发现德尔苏在门口站着。我立刻就看出来德尔苏有事想求我，他脸上的表情窘迫又不安。我还没来得及问，德尔苏忽然跪了下来，然后说道：

“上尉，请放我回山里去吧！我在城里根本活不下去——柴要花钱，水要花钱，砍树也会被人骂。”

我把德尔苏扶起来，让他坐到椅子上。

“你想去哪？”我问道。

“去那！”德尔苏用手指着远处的赫赫齐尔山说道。

我很舍不得德尔苏走，但也不忍心不让德尔苏走。于是只好向他妥协。我让德尔苏答应我，一个月后就回来，回来后和我一起去乌苏里江。我打算在乌苏里江我认识的鞑子那儿给德尔苏弄个房子。

我原以为德尔苏过两天才会走，我想给他准备点钱、食物还有衣服。但事情并没按我想的来。

第二天早上，我从德尔苏的房间旁经过，发现房门开着，房间已经空了。

德尔苏的离开让我非常难受，就好像心中有根弦断了似的。我有一种非常不好的预感，我还有点害怕。我总感觉再也见不到德尔苏了。一整天我都心神不安，工作也干不下去，最后干脆放下了笔，穿上衣服去了军营。

春天已经来了，院子里的雪开始融化，像被撒上了烟灰一样脏脏的。阳面的雪堆被阳光晒出了一层薄薄的冰壳，白天融化，夜晚又会被冻上。沟渠里的水在欢快地奔跑着，仿佛急着去告诉每一棵干枯的草根它已经醒来了，现在正准备让自然复苏。

从田里劳作归来的步兵们告诉我，他们看见一个背着背囊、手里拿着武器的人在路上走过，样子非常高兴，还唱着歌。通过步兵们的描述，我判断出这个人就是德尔苏。

这个可怜的家伙根本就想不到有人会谋害他的性命。为什么要害他呢？我最担心的事还是发生了。

两个星期后，我收到了朋友 N.A. 朱里发来的电报，电报内容如下：

“您派往原始森林的人被杀。”

“是德尔苏！”一个念头在我脑中闪过。我记得，为了不让城里的警察抓德尔苏，我曾经给过他一张自己的名片，在名片的背面写上了德尔苏住在我家。也许，他们就是通过这张名片给我发电报通知德尔苏出事了。

第二天，我就赶到了位于赫赫齐尔山南部的科尔法弗斯卡娅火车站。在那里得知工人们在森林里的路边见到过德尔苏。他当时手里拿着枪，正和树上的乌鸦说话。工人们都以为德尔苏是一个醉汉。

火车到科尔法弗斯卡娅站的时候已经是黄昏时分了，所以我和 N.A. 朱里决定第二天早上再去出事地点。

一整夜我都睡不着，悲痛欲绝。我感觉自己失去了一位最亲近的人。我和德尔苏一起经历过那么多的事，记不得有多少次，他在自己命悬一线的时候，依然来救我！

为了分散一下注意力，我开始看书，但根本没用。眼睛机械地看着字母，脑子里全是德尔苏最后一次求我，让我同意他离开时的样子。我恨自己，为什么要带他来城里。可是谁也想不到最后的结局竟然是这样啊！

快到天亮的时候，我迷迷糊糊地睡着了。刚睡着就做了一个奇怪的梦。我梦到我和德尔苏在森林中的一个宿营地里。德尔苏在捆自己的背囊，他好像要去某一个地方，我劝他留下和我在一起。东西都收拾好后，德尔苏对我说他要去找自己的妻子，说完就快步朝森林深处走去了。我感到特别害怕，就在后面追他，结果被杜香丛绊住了。眼前出现了很多手掌形的人参叶，这些叶子变成了人手，抓着我朝地上按去。我无力地喊着，扯掉了头上蒙着的毛毯。阳光照在了我的眼睛上，N.A. 朱里站在我的面前，正摇着我的肩膀。

“您睡得可真沉啊！”他说道，“该起床了！”

早上九点左右，我们出了门。

此时已经是3月末。太阳高高地挂在空中，把明媚的阳光洒向大地。空气中，特别是背阴处，还能感觉到一丝夜里的寒气。但正在融化的冰雪、小溪里的流水和即将恢复生机的树木都已经在证明，夜的寒冷已经失去了威慑力。

一条小路通往原始森林深处。我和N.A.朱里默默地沿着这条小路走着。走了大约1.5俄里后，我看见了路边的篝火，火边有三个人影。我认出了其中一个是警长，另外两个工人正在挖墓坑，旁边放着一具盖着草席的尸体。我认出了死者脚上穿的鞋。

“德尔苏！德尔苏！”我不由自主地喊出了他的名字。

两个工人奇怪地看着我，我不想在陌生人面前展露自己的情感，所以就走到旁边，坐到了一个树墩上，然后就陷入了悲伤中。

地还冻着，工人们用火烤着，边挖着边用锹把土里的异物挑出来。大约五分钟后，警长来到了我的面前。他看起来非常开心，就像是来过节的一样。也许收殓无名尸体对他来说是司空见惯的事，又或许因为死者只是一个无名的外族人，所以他才会这样冷漠吧。从警长的表情上，我明白了他根本就不打算追查凶手，他想用一份笔录就完结此事。警长对我说，德尔苏死在篝火边，根据现场的情况判断，他是在睡梦中被人杀死的。凶手拿走了德尔苏身上的钱和步枪。

一个半小时后，墓坑挖好了。工人们走到德尔苏的遗体旁，掀开了草席。阳光透过茂密的松枝洒到地上，也照到了死者的脸上。

德尔苏的脸几乎和活着时一模一样。他的眼睛睁得很大，看着天空，脸上的表情仿佛是正在努力地回忆着什么。工人们把德尔苏的尸体放进墓坑，然后开始往他的身上填土。

“别了，德尔苏！”我小声地说道，“你在森林里生，也在森林里死。”

二十分钟后，在埋葬德尔苏遗体的地方出现了一个不大的土包。

工人们干完自己的活后，就开始抽烟，然后拿着自己的工具，跟在警长后面回站里去了。

我在路边的地上坐了好久，回忆着死去的朋友。

往事像电影一样，一幕一幕地在我眼前浮现：我们在列富河与德尔苏的第一次相遇，在比利姆别河附近遇到的老虎，在撒哈姆别河遇到的森林火灾，在比利姆别河遇到的洪水，乘筏子过塔克马河，我们在伊曼河走的路线，在古鲁姆别河挨饿，沿比金河的考察……

这时，一只鸸鸟飞了过来，落在坟边的灌木丛上，用信任的目光看着我，然后开始叽叽喳喳地叫了起来。

“温顺的人。”我想起德尔苏这样称呼原始森林里的飞鸟。忽然，小鸟飞进灌木丛里去了，悲伤再次涌上我的心头。

“别了，德尔苏！”我大声说着，然后站起了身。

太阳已经偏西。阳光已经不再照耀着大地了，它们躲进了蓝天深处，阳光就好像林中鸣叫的小鸟，飞走了。我在一个地方发现了一只蝴蝶，它曾沐浴在阳光里，黄昏降临后，应该会被冻死吧。

德尔苏的坟墓，正在融化的雪，日落后就会死去的蝴蝶，潺潺的溪流和肃穆寂静的森林，这一切都证明着没有绝对意义上的死亡。死亡是相对的，生命规律同时也是死亡规律。

某两个长着欧洲面孔的人，为抢劫实施了卑鄙的谋杀。他们杀死了一位心灵纯净、一生都没有做过一点坏事的可怜的外族人。

文明制造了罪犯。把自己的幸福建立在别人的不幸上——这就是 20 世纪的标语。贸易中的欺诈和随之而来的高利盘剥与奴役，偷盗、抢劫和谋杀，最终引发了惨无人道的战争和革命。难道这就是所谓的文明吗？！

走了一会儿后，我回头看去，想要记住德尔苏墓的位置。那里有两棵高大的云杉，德尔苏的墓就在树荫下。从远处就能看见这两棵树。

“别了，德尔苏！”我最后一次说道，然后就沿着小路朝火车站的方向走去。

大约十五分钟后，我追上了 N.A. 朱里。他在工棚里耽搁了一会儿，和工人们商量给他家送木柴的事。半小时后，我们到了火车站。

1908 年夏天，我开始了第三次旅行。这次旅行共用了两年的时间。

1910 年冬天，我回到了哈巴罗夫斯克。到了之后的第一件事就是去科尔法弗斯卡娅火车站，我想去看看德尔苏的墓。那里已经大变样了：火车站附近出现了成片的村落，赫赫齐尔山脚下开起了采石场，森林被砍了，人们用木材做成了枕木。我和 N.A. 朱里几次想找德尔苏的墓，但都是一无所获……墓旁标志性的云杉消失了，那里新修了路，有路基，也有挖出的坑。

到处都是文明的痕迹。

愿你我在森林中相逢

没有一个人会拒绝大自然。

没有一个时代会拒绝热爱大自然的人。

“所有的故事开始于第一缕春光、第一股春水，开始于大自然中万物苏醒的那一刻。”

这是世界生态文学和大自然文学的先驱，被称为俄罗斯最伟大的歌唱大自然的诗人和哲人米哈伊尔·米哈伊洛维奇·普里什文在《丹顶鹤的故乡》一书中所说的话。我们这一套“俄罗斯当代生态文学作品集”，虽不发端于春天，却酝酿在很多个春暖花开般的日子里。

俄罗斯文学一直是西苑出版社的发力点，而人与自然的关系一直是俄罗斯文学最重要的主题之一。俄罗斯生态文学历史发展悠久，尤其是20世纪以来，涌现出很多以生态保护为创作主题的作家，人与自然的关系问题成为他们进行深入哲学思考的主题，也是他们对大自然与国家和人民命运、人类未来发展关系的深刻认识的总结。由此形成独具特色的俄罗斯生态文学流派，在世界生态文学发展中占据着重要的地位。当我们致力于为这一选题寻找“枝叶花果”时，王金玲老师也带着“俄罗斯当代生态文学”作品、携手专业的翻译团队再次找到了我们。

理所当然地，这套“俄罗斯当代生态文学作品集”迎来了属于它的春天。

很多事情就是这么“恰恰好”。每一本图书、每一套图书的诞生亦是如此。俄罗斯生态文学作品在我国的译介方兴未艾，我们衷心感谢王金玲老师及整个团队的信任、支持，以及在合作过程中处处体现的专业能力和工匠精神。我们也愿意相信，王金玲老师及整个团队对于这套“俄罗斯当代生态文学作品集”扎根于“西苑”这片土壤，同样是感到幸运和满意的。

在生态问题愈发凸显、生态议题逐渐火热、生态文明建设日益深入的今天，我们经由这个选题走到了一起，以期增强我国读者对俄罗斯自然生态资源的了解，管窥俄罗斯作家笔下的人与自然的关系，以及人的内心世界和思维特点，乃至对我国生态文学的创作给予启发和借鉴。

就像两个热爱大自然的人，在森林中相逢。

回到这套书。

“俄罗斯当代生态文学作品集”本是教育部中俄人文交流与合作项目成果，共收录了 8 部作品，来自 3 位各具魅力的俄罗斯生态文学作家。所有作品均聚焦于大自然，却又不限于一般意义上的大自然。这是一种“综合的”“泛化的”生态文学，既描述了自然资源极为丰富的俄罗斯春夏秋冬交替过程中异彩纷呈的植物和动物世界，也关注到生活在原始森林深处的人和游走在大自然边缘的人；既深情歌颂了俄罗斯大自然的壮美，也关怀到大自然的命运乃至全人类的命运；既引导读者们进一步认识大自然，也展现了大自然本身；既讨论了现代化发展与自然生态之间不可避免的摩擦，也更多地寄希望于人与自然和谐共处、亲密发展的美好未来。

被誉为“伟大的牧神”“俄罗斯语言百草”的普里什文，他笔下的大自然永远生机勃勃，充满诗意与情感，每一种生灵都有自己的鲜明个性。这些特点都淋漓尽致地体现在《勿忘草》中。《勿忘草》仅有个别片段在国内被选译过，它的每一章节都有一个独立的主题，但这些主题并非完全割裂，而是关乎到自然万物、人类精神的方方面面，而人类与自然又是共生共存的，充分展现出普里什文对人与自然关系的探讨和呼唤。正如人们常说的，如果你不知道如何赞美大自然，那就去看普里什文吧！

《“灰猫头鹰”和海狸的故事》似乎对应着阿尔谢尼耶夫“三部曲”中的《德尔苏·乌扎拉》，它们都是描述或突出了一个具体的人物形象，由这个人物的经历或体验带出宏大的森林图景，从而展现出人们对自然保护的思考和努力。略有不同的是，《德尔苏·乌扎拉》中的向导德尔苏·乌扎拉主要还是置于整个探险队的发展路线而言，而《“灰猫头鹰”和海狸的故事》的聚焦性更强，叙述本身也更近似于一部小说。无论如何，两部作品都通过立体的人物塑造展现出了这个系列独一无二的人文性和艺术性。

《贝林杰耶夫密林》乃我国首次翻译出版，它在形式上贴近于《勿忘草》和《丹顶鹤的故乡》，可称为随笔集或札记，而不同于《“灰猫头鹰”和海狸的故事》呈现的强烈的故事叙述感；在内容上近似于《丹顶鹤的故乡》，均以某一区域为对象进行全面观察和整体思考，另一本《勿忘草》则从日常万物出发，更多地渗透出作家的哲思。《贝林杰耶夫密林》和普里什文的其他作品一样，蕴含着动人的美感，他的笔触真实又细腻，温柔又不失力量，将粗犷、陌生却又神圣伟大的原始森林形象淋漓尽致地展现在读者的眼前，让人仿佛身临其境。树木的砍伐与生长，机械化（现代化）与原始森林的碰撞，都在这里得到生动体现，而在《丹顶鹤的故乡》中，经济社会的发展变革与物种环境和生态保护的矛盾更是直接摆在作家的面前。是应该支持政府的排水工作，还是应该写文章来呼吁保护珍稀物种？最终，作家选择了后者。一切理所当然又水到渠成，却更加强调了作家的观点——人与自然和谐共处就是善良和美的最高境界。

区别于普里什文清新的文人形象，几乎同时期的阿尔谢尼耶夫充满了典型的俄罗斯“硬汉”气质。阿尔谢尼耶夫既是地理学家、作家，也是一名军官。《德尔苏·乌扎拉》《乌苏里边疆区游记》和《穿越原始森林》这“三部曲”均是阿尔谢尼耶夫对自己考察经历的记录。其中，《德尔苏·乌扎拉》和《乌苏里边疆区游记》分别描述了1902年、1906年和1907年的考察，《穿越原始森林》记录了1927年的整个考察过程。《德尔苏·乌扎拉》和《乌苏里边疆区游记》均非国内首次面世，但它以往更多地被纳入阿尔谢尼耶夫的《在乌苏里的莽林中》（由这两本书整理融合而成）一书中呈现，而非以单本形式出版。“三部曲”均围绕锡霍特－阿林山脉展开，也都涉及德尔苏·乌扎拉等人物，可以说是串成一线，各有偏重、各具特色而又彼此呼应、相互补充。

《乌苏里边疆区游记》通过阿尔谢尼耶夫的实地考察记录，精心呈现了一百多年前乌苏里边疆区的独特风貌，列举了很多远东地区特有的资源：壮美苍茫的原始丛林，险峻挺拔的山峰，纵横密布的河流，丰饶的动植物，暴雨和暴风雪，生活其间的各民族的习俗、故事，以及考察队在旅途中的各种遭遇……处处可见作者对大自然的敬畏、热爱，作品还率先提出了如何保护动物、建立自然保护区的问题。《德尔苏·乌扎拉》则通过考察队的关键人物——向导德尔苏·乌扎拉，展现原始森林的样貌和“性格”，以及在原始森林里生存的原则和规律。以《德尔苏·乌扎拉》为书名而非《乌苏里边疆区考察记》（尽管有撞名之嫌），就已经渗透出这本书的人文关怀，以及阿尔谢尼耶夫对朋友德尔苏·乌扎拉的深切纪念。最令人印象深刻的莫过于作家朴实而真挚的表达，让大自然展现出浓重的“人性”一面，具备人文艺术性，难怪普里什文曾这样评价阿尔谢尼耶夫：“他笔下的大自然是反映纯洁心灵与真实物质世界完美融合的诗歌。”

《穿越原始森林》是阿尔谢尼耶夫“三部曲”中的最后一部作品，也是篇幅最短的一部。它讲述了阿尔谢尼耶夫最后一次考察锡霍特－阿林山脉时发生的故事，记录了这个地区美丽的自然风光和特征鲜明的当地居民的生活，展现了俄罗斯远东地区幅员辽阔的精彩画卷。与前两部作品不同的是，相比于动植物，这部作品更多地关注了不可逾越的河流和未曾踏足的原始森林。有趣的是，这本书是这套作品集中唯一一本由男性译者翻译的作品，呈现出来的译文风格更能让人感受出男性译者的简练和果断，而这正好也契合《穿越原始森林》自身体现的特点（区别于《乌苏里边疆区游记》的浪漫和《德尔苏·乌扎拉》的人情），这倒值得读者们体味感受一下。

需要格外说明一下的是，《德尔苏·乌扎拉》原作为30章，翻译后的作品为20章，译者是按照突出表现德尔苏·乌扎拉这一人物形象为主的原则进行删减的，并在不影响作品整体结构的前提下，对原作中偏离主人公形象描写的章节进行了删减，如关于负面情感、容易引起读者负面情绪的故事情节，以及不符合当地人形象的细节描写，等等。《乌苏里边疆区游记》原作全书含后记共40章，阿尔谢尼耶夫的考察路线共分为三个部分：第一部分是从乌苏里江铁路沿线出发，直到圣奥莉加湾，完成从内陆到海边的考察；第二部分是在圣奥莉加湾周边做了短线考察后，从圣奥莉加湾出发沿海岸线考察；第三部分是从海岸线返回到内陆伊曼河，结束考察。第三部分经历的地形和叙述方式与第一部分类似，第二部分主要是海岸线周边的地形地貌特征，因此，基于整体体量考虑，这本书以考察线路的相对完整为删减原则，只选取了考察线路的第一部分进行翻译出版。

“俄罗斯当代生态文学作品集”中的单本《虎啸风生》，来自俄罗斯当代最会讲老虎故事的人——奥列格·尼古拉耶维奇·沃罗诺伊。沃罗诺伊用一个个小故事为读者们铺开了一幅森林画卷，各种各样的老虎形象及故事酣畅淋漓地展现出来。这不是一本科普书，其目的并非普及老虎尤其是俄罗斯远东地区原始森林里的东北虎，而是在描述东北虎的特征和生活习性的基础上，以文学形式展示了原始森林地区人们对东北虎的态度，对赖以生存的自然环境的保护意识，并借由人和老虎的关系，延伸到对人和自然关系的讨论。看到最后，你不觉得老虎是老虎，这位最漂亮、最强壮也最凶猛的泰加林之王，是不需要靠“语言”这种东西来表达就能彼此理解的所谓“动物”（原文有多处相关表述），它是人类的敌人、威胁，亦是人类的邻居、伙伴。老虎的身上不仅拥有人类生活在地球上引以为傲的所具有的人性（大可不必），更具备大自然赋予的最原始的灵性，而后者在森林遭受滥伐、环境遭到严重破坏的今天反而更显难得和珍贵，仅从这一点来说，都是我们务必将这本书列入生态文学系列的理由。

故事的叙述，思想的传递，都离不开作家的妙笔生花。普里什文一如既往充满诗意和情感的表达、赋予每种生灵以鲜明个性的创作艺术风格在这些作品里都得到了最自然的发挥；阿尔谢尼耶夫善于把情感与理性妥善地结合起来，笔触真实而美好，作品虽名义上为考察记录，却人文色彩浓郁，兼顾了文学的可读性；沃罗诺伊笔下大量的第一人称叙事或对话让人仿佛置身森林中猎人的小木屋里，窗外是从西伯利亚刮来的寒风，屋内壁炉的炭火不时烧出噼里啪啦的声音，而我们围坐炉边，听一个个关于老虎的故事，不时惊叹。

无论如何，在这些作家的笔下，大自然才是所有故事的绝对主角。

不同于中国人惯用的循序渐进、委婉迂回的表述，区别于东方或西方典型风格的俄式抒情/感叹/幽默可能会让一些读者一时不能适应，甚至感到哭笑不得。然而，随着阅读的适应和融入，你会慢慢甄别出其中的独特味道，好似一碗鲜红色的俄式红汤，初时不适应，慢慢地，你就会发现这里不仅有牛肉、土豆、胡萝卜、甜菜根这些多样又丰富的内容，还有月桂、香芹这些佐料的多重风味，让人了解到独具魅力的俄罗斯文化。

当然，俄式风情的畅快表达也离不开译者的得力翻译。王金玲老师及整个团队对这套书的译文质量做了整体保障，译者们尽最大可能将原作的语言风格尤其是中心精神还原出来。无论是阿尔谢尼耶夫和德尔苏·乌扎拉从暴风雪中死里逃生，还是“灰猫头鹰”竭尽全力寻找两只小海狸，无论是虎口逃生，还是密林风光，都让人轻易“失足”跌入作品营造的故事和氛围中，同喜同悲，同乐同苦。

不可否认，书里所提及的山川河流以及原始森林地区难免存有争议，关于中国人的描写，也并非总是积极乐观的。在客观、理性、正面看待历史问题的今天，我们对此有所处理，却也适当保留，因为从某种意义上来说，它宝贵地记录下了那段时期那个地区那些人的几乎已经消失的生活方式和历史。勤劳勇敢的中国人，始终是大自然的亲密朋友。

作为出版者，我们诚挚地邀请您赶赴这一场森林之约。“俄罗斯当代生态文学作品集”是一个起点。我们祈望它是春天的一记信号，亦是一场春雷，当春光乍泄、春水涌动之时，我们每个人都能感受到大自然之美，而每个人的心里，也都拥有属于自己的大自然。

愿你我在森林中相逢。

图书在版编目（CIP）数据

德尔苏·乌扎拉 / (俄罗斯) 弗拉基米尔·克拉夫季耶维奇·阿尔谢尼耶夫著 ; 王宁译. -- 北京 : 西苑出版社, 2022.2

ISBN 978-7-5151-0793-6

Ⅰ. ①德… Ⅱ. ①弗… ②王… Ⅲ. ①中篇小说一俄罗斯一现代 Ⅳ. ①I512.45

中国版本图书馆CIP数据核字(2021)第253294号

德尔苏·乌扎拉

DE' ERSU·WUZHALA

策划编辑	赵 晖
项目统筹	汪昊宇
责任编辑	汪昊宇
装帧设计	黄 尧
责任印制	陈爱华
出版发行	西苑出版社 XIYUAN PUBLISHING HOUSE
地　　址	北京市朝阳区和平街11区37号楼　邮政编码：100013
电　　话	010-88636419
印　　刷	三河市嘉科万达彩色印刷有限公司
开　　本	880mm×1230mm 1/32
字　　数	142千字
印　　张	7
版　　次	2022年2月第1版
印　　次	2022年2月第1次印刷
书　　号	ISBN 978-7-5151-0793-6
定　　价	49.80元

（图书如有缺漏页、错页、残破等质量问题，请与出版社联系）